再走长征路

人民日报海外版“再走长征路”
融合报道组／编著

人民出版社

责任编辑：洪　琼

图书在版编目（CIP）数据

再走长征路 / 人民日报海外版“再走长征路”融合报道组 编著 . — 北京：
　人民出版社，2020.6

ISBN 978 – 7 – 01 – 021946 – 2

I. ①再…　II. ①人…　III. ①革命故事 – 作品集 – 中国 – 当代　IV. ① I247.81

中国版本图书馆 CIP 数据核字（2020）第 040037 号

再走长征路

ZAI ZOU CHANGZHENG LU

人民日报海外版“再走长征路”融合报道组　编著

人民出版社 出版发行

（100706　北京市东城区隆福寺街 99 号）

北京盛通印刷股份有限公司印刷　新华书店经销

2020 年 6 月第 1 版　2020 年 6 月北京第 1 次印刷

开本：710 毫米 ×1000 毫米 1/16　印张：16

字数：200 千字

ISBN 978 – 7 – 01 – 021946 – 2　定价：59.80 元

邮购地址 100706　北京市东城区隆福寺街 99 号

人民东方图书销售中心　电话（010）65250042　65289539

序言 PREFACE

中国共产党领导的中国工农红军的长征，是一个永恒的话题。它是一条永恒的哲学之路、生命之路、使命之路、开拓前进之路。

因此，它对每个时代的奋斗来说，都是一条可以汲取前行动力的“心路”。

在庆祝新中国成立 70 周年之际，《人民日报（海外版）》组织“再走长征路”的主题采访活动，在做新的寻访和发现的同时，更重要的是切身体验了新时代人们心中那条“不忘初心、牢记使命”的开拓前进之路。记者们跋山涉水，走村入户，行程 1 万 6 千多公里，足迹遍布红军长征经过的 13 个省区市，写出近 20 篇通讯报道。如今，作者们将自己在这条“心路”上的寻访、发现和体验，结集为《再走长征路》呈现给读者。

关于 80 多年前的长征，从军事上讲，是中国工农红军一次成功的战略大转移；从政治上讲，则是中国革命转危为安的大变局，是中国共产党历史发展中的一次大转折。概括地说，长征是中国共产党走向成熟过程中，在思想、组织和精神上的一次重大历史飞跃。为什么能够实现这样的历史飞跃？习近平同志在纪念红军长征胜利 80 周年大会上的讲话中，作出了新概括：那是一次理想信念、检验真理、唤醒民众、开创新局的伟大远征。正是这四种精神，支撑、激励和指引当年红军走过艰难的长征路。

精神的背后是故事。《再走长征路》结合新时代的视野和思考，努力去讲好长征路上的“中国故事”。讲好中国故事也不是自以为是的自娱自乐。讲中国故事，要讲得客观，讲得具体，讲得有事实有道理有感情。这样的“中国故事”，所承载的不只是长征精神，还可以让没有亲身经历的人，触摸到中国共产党人和中国工农红军的“历史体温”，体会到当代中国的价值追求和精神气象。

今天我们正在走的中国道路，也是一条长征之路。习近平同志说，“长征永远在路上”，“每一代人都要走好自己的长征路”。讲中国故事，讲长征故事，有益于今天的人们走好新时代长征路。起码，有如下四个方面的启发：

要拥有一颗必信之心。任何伟大的远征，都是在执着的理想信念感召下前行的。从 80 多年前延伸过来的绵长的长征路上，每时每刻考验着共产党人的远大理想和革命精神是否坚定执着，是否拥有一颗必信之心。过去经历的是生死存亡的考验，今天面临的是“四大考验”“四种危险”。如果没有一颗必信之心，自然就没有了灵魂，没有了精气神，就经不起考验。这是不难懂得的道理。

坚持一种必护之理。必信之心来自必护之理。认识真理、掌握真理、信仰真理、捍卫真理是坚定理想信念的精神前提。中国共产党是马克思主义理论武装起来的政党，它最重真理，最讲真理，最服真理，最遵循真理来干事业。而真理只有在实践中才能得到检验，得以确立。80 多年前的长征，中国共产党经历了一次在修正错误中实现蜕变的新生，涅槃之后的中国共产党从此确立了实事求是的思想路线。在今天，走好新的长征路，必护之理就是毛泽东思想和中国特色社会主义理论体系，就是马克思主义中国化最新成果习近平新时代中国特色社会主义思想。

锻造一支必胜之师。80年多前的长征是中国共产党走向成熟的历史见证。正确的政治路线确定之后，干部就是决定的因素。所谓必胜之师，就是有凝聚力、战斗力、创造力的队伍。

走好一条必由之路。80年前的长征，客观上是中国共产党和红军被迫离开南方根据地远征，主观上是北上抗日，创建重新出发的大本营，开创新的革命局面。长征途中，这种主观上的目的感越来越自觉，越来越强烈，越来越坚定。为达此目的，必须选择正确的前进方向，走出一条必由和必达之路。为此，中央红军在长征途中根据战争形势的变化，对战略转移方向进行了多次调整，有7次说，有10次说，还有13次说等多种观点。在当时，不对前进方向做实事求是的调整转变，中国共产党和红军只能是死路一条。危急关头，敢不敢、能不能寻找新的战略路线，已成为中国共产党生死存亡的当务之急。今天看来，调整转变战略方向，似乎是情非得已，并不那么了不起。但当时在“左”倾教条主义统治的政治生态中，却不是一件容易的事情。一旦确立北上“落脚陕北”的前进道路，党和红军就坚定不移沿此方向前进。实践证明，这是一条正确的道路，其结果是毛泽东说的，“长征一结束，新局面就开始”。这

个实例，印证了道路决定前途命运的论断。在今天，就是要走好中国特色社会主义道路。这条道路承载着几代中国共产党人的理想和探索，是近代以来中国社会发展的必然选择，并且被改革开放以来的伟大实践所证明。

陈晋

（原中央党史和文献研究院院务委员、
原中共中央文献研究室副主任）
2019年12月3日

目录 CONTENTS

再走长征路
RETRACE
THE LONG MARCH ROAD

江　西

1. 江西于都：中央红军长征从这里开始

于都县，地处江西省赣州市东部。截至 2017 年末，全县总面积 2893 平方千米，户籍总人口 111.5 万人。因以北有雩山，取名雩都，1957 年更名为“于都”。

在地理上看，于都县内地貌复杂，有盆地、丘陵和绵延的山地，也有宽广的山间河谷堆积平原。赣江的源流贡水穿过于都，在其境内称于都河。

在中央苏区时期，于都县是中共赣南省委、赣南省苏维埃政府所在地。于都还是中央红军长征出发集结地。1934 年 10 月，中央红军主力 8.6 万人集结于都。中央红军为了隐蔽战略意图，避免飞机轰炸，连续多天架设临时浮桥，晚上渡河，早上拆桥，不留痕迹，安全顺利地跨过长征第一渡。30 万于都人民共同保守着一个天大的秘密，被一些研究者称赞为奇迹。

2. 为了 85 年前那一场史诗般的出发

为了 85 年前那一场史诗般的出发

本报记者　李　贞

86 岁的管翠英从没见过自己的父亲。当她还在母亲肚子里时，父亲管建发就怀着一腔热血报名参加了红军。

随部队出发前，管建发跪在自己母亲的跟前说：“妈，你只养了我这一个儿子，我也不知道能不能再回来，这一跪就算向您报恩了。等我的孩子生下来，不管是男是女，以后您靠他养老。”

这句由奶奶转述的话，在管翠英的心中盘桓了一生。

85 年前，中央红军主力部队 8.6 万余人从于都县八个渡口

中央红军长征出发纪念馆。

渡河，开始长征。30万于都百姓或是出物出力，或是投身革命，全力以赴支援红军，为中国革命的胜利付出巨大牺牲。从此，长征精神就深深烙在这片土地上。无论过去、现在还是未来，“不忘初心”是于都百姓共同的心声。

每5位于都人里就有1人参加红军

红色政权在于都萌芽得很早。1926年，于都建立了第一个中共党组织；1928年，建立了赣南第一块红色根据地；1929年，建立了赣南第一个县级红色政权。英勇无畏的牺牲精神流淌在于都儿女血脉中。在革命战争时期，几乎每5位于都人里就有1人参加了红军。

来到于都县革命烈士纪念馆参观时，天上下起蒙蒙细雨。拾级而上，两侧青松挺翠。走进馆内的悼念厅，迎面是一堵黑色的墙壁，上面悬挂着白色的花环。我们每人手持一朵小小的黄色菊花，轻轻献上，再深鞠一躬。据统计，仅有名有姓的于都籍烈士就有1.6万余人，而更多的无名英雄已无法考证。

除了战场上的英雄，于都百姓也都是默默无闻的英雄。红军长征出发需要口粮，于都人民就连日连夜地磨稻谷；需要草鞋，妇女们就聚到祠堂赶工，还在门口竖起了一块牌子“草鞋重地”；要搭浮桥，乡亲们拆下家里的门板、床板，甚至把寿材板也送到江边；有伤病员要医治，就留在百姓家中休养。中央红军长征出发纪念馆副馆长张小平讲述了一段当年的故事：“每户人家需要收留2名伤员，但一个大娘主动要求家里再多收留5位。大娘说，我的儿子也在当红军，我多照顾几位红军，就希望我儿子在外面要是受了伤，也有人能照顾他。”

用心讲好红色故事

往日的壮怀激烈换来了今日的和平繁荣，但是岁月的长河从不曾磨灭于都人的记忆。

走在于都街头，我们能看到长征广场、长征大桥、长征公园……这就是纪念。山间田野的渡口、祠堂、旧屋，或许见证过惨烈的战役，或许曾居住过毛泽东、周恩来、朱德……对这 100 多处不可移动的革命文物，当地的干部和百姓想方设法地保存、修缮，好让这些历史的见证传承得更久些。

于都县博物馆群工部副主任胡晓琼已经在中央红军长征出发纪念馆做了 8 年的讲解员，对长征这段历史和每件馆藏文物的故事，她都早已熟稔于心。每天要为六七批参观者讲解，但胡晓琼从没感到过不耐烦。她说：“用心讲好红色故事，传承红色基因，让每位参观者都能感悟到长征精神，是我的工作，让我感到自豪

中央红军长征出发纪念馆。

和快乐。”

还有更多人把一生投入在于都的红色宣传事业中。50多岁的张小平陪着年轻的记者们冒雨重走“红军小道”，在湿滑的山路上做直播，为年轻网友们讲述长征的故事。于都的长征源合唱团由160余名红军后代组成，成立9年来，他们已在全国表演过300余场的《长征组歌》。原团长袁尚贵在离任前，对团员们提的唯一“要求”是“不要把我踢出合唱团的微信群”。至今，他还坚持担任合唱团的名誉团长，为合唱团的发展提供宝贵建议，他说：“我的心会永远跟团一起走。”

从小听着长征故事长大

长征精神的传承不仅要面对当下，更要面向未来。

于都的孩子们是从小听着长征故事长大的。长征源小学的同学们，常会在周末和节假日来到中央红军长征出发纪念馆做小小讲解员，接待一个个大团队。聊起长征精神，于都县第五中学高二年级学生张恒也自豪地说：“从小到大，长征精神已经融入了我的生活。当年红军就是怀抱着让未来的中国变得更好的梦想一直前进，今天我们也要继续传承这种信念。”

向孩子们传播长征精神，也不仅是在于都。袁尚贵告诉我，在长征源合唱团的演出中，他最难忘的就是到各地的学校去。“一开始我们有点担心，因为现在的青少年都是听着流行歌曲长大的，他们会接受红歌吗？但当我们第一次到学校演出后，担心消失了。同学们都觉得演出特别生动、特别新鲜。这也让我们充满了勇气。”

85年前那一场史诗般的出发，如今化作长征精神，流淌在

于都人的心中，回荡在革命老区的山川之间。无论任何时代，我们都会像于都人民一样，坚定信仰，无畏前行。

（《人民日报海外版》2019 年 6 月 18 日第 1 版）

3. 于都的长征故事

帮助红军夜晚渡河

讲述人　李明荣

我的父亲李声仁是一个普通的渔民，他曾用渔船帮助过红军战士渡河。

1934 年 10 月，中央红军第五军团十三师抵达了今天的于都县罗坳村石尾渡口，准备渡河。17 日下午，父亲和几个渔民正在石尾渡口附近打鱼，突然来了几名红军战士，请求他们晚上出船把部队转移到河对岸。

大家都觉得红军是老百姓自己的队伍，立刻同意帮忙。用来渡河的渔船共有 20 余艘，大小不一，大的能承载近 20 人，小的能承载 8—10 人。

为了防止部队的行踪暴露，晚上的渡河行动不能打灯，只能摸黑进行。渔民们依靠熟练的技术把控船只方向，避开江中险情。渡河途中肚子饿了，渔民们就将生米和河水混在一起充饥。经过整整一夜，渔民们才终于将十三师的战士送到了对岸。

一枚银圆里的鱼水情

讲述人　钟福林

我爷爷钟纶拔当年为红军做过很多事儿，红军的领导人项英、毛泽覃叫我爷爷是“红军爸爸”。当时，我爷爷帮助红军负责一些联系工作，传达信息，购买物资。有一天下午，爷爷带着我爸爸钟发源去财政部找毛泽覃，来到那里看见整个屋场的四周都是拿着枪的哨兵守卫。爷爷拿着通行证进来，哨兵们个个向他行礼致敬。爷爷来到大厅门口一看，大厅里的大簸箕、箩筐里堆着全是金灿灿的金条，地上还有一大堆圆圆的白花花的银圆。

爸爸当时很小，看到这么多的金条和银圆真是大开眼界。他问爷爷，这么多钱是哪里来的呀？爷爷说，这是红军用生命换来的钱。

记者重走长征小道。

大厅中间有几个红军叔叔正在整理清点这些金条和银圆。这时，毛泽覃从里面走出来，爷爷忙上去和他谈事。说完，毛泽覃转过身来问我爸爸：“小朋友，你叫什么名字，几岁了？”我爸爸回答说：“我叫钟发源，今年9岁了。”他又问，“读书了吗？

读几年级?”我爸爸回答说:“读了两年。”毛泽覃说,“要好好读书,将来打败了国民党反动派,打倒了地主资本家,解放了全中国,老百姓再不会受压迫,你们是新中国的主人,国家需要你们。要你们去建设新中国,我们就等着那一天呢。”

说完,毛泽覃从衣袋里拿出一块雪白的银圆放在我爸爸的手上,语重心长地说:“拿着吧,这是我个人用的银圆。大厅里的金条和银圆是公家的,这些钱来之不易,都是红军叔叔用血汗和生命换来的,我们把这些钱当生命来爱惜它,保护它。”我爸爸接过毛泽覃手中的银圆,说了声:“谢谢毛叔叔。”

这块银圆真是太珍贵了,我爸爸也舍不得用,一直珍藏着,当作家中宝贝,用它激励着我们后辈奋发向上、努力工作,我也要把这块银圆一代一代地传下去。

照顾12名红军伤员的奶奶

讲述人　朱书荣

我的奶奶叫刘发娣。当年,我爷爷朱学球参加红军,在外杳无音信。奶奶在家乡看到有些受伤的红军无法安身,就陆续收留了12名红军伤病员,将他们藏在茂密山林中自家地窖里。

奶奶收留红军伤员是冒着很大风险的,稍有不慎被国民党发现,可能要引来全家人的杀身之祸。但是,因为爷爷参加红军,奶奶看到这些红军伤员,就会想到自己的丈夫。奶奶说,她希望自己丈夫在外遇到困难危险时,也能够得到好心人的帮助。

为了让红军伤员吃饱饭,刘发娣让孩子们分头帮忙,有的负责挖野菜、找红薯,有的负责在晚上趁黑偷偷送饭,有的负责上山采草药。

当时乡下的白米饭非常少。有一次我大叔给红军送饭时，肚子饿、嘴巴馋，偷吃了一碗奶奶给红军战士留的白米饭，还被奶奶狠狠地揍了一顿。

就这样，奶奶和全家人坚持照料了红军伤员一年多时间，让12名伤病员陆续痊愈，奔赴战场。

4. 于都的红色景点

中央红军长征出发纪念馆位于于都县城东门渡口中央红军长征第一渡纪念碑园东侧，建筑面积1100平方米，2005年对外开放。2014年更新陈列，采用图表、文字、照片、沙盘、油画、半景画场景、多媒体等多种展示手段，全面展示中央红军在于都集结出发的历史，再现中国革命伟大转折及苏区人民支援红军的历史场景，是目前全国唯一展示中央红军长征出发历史的主题性纪念馆。

中央红军长征第一渡纪念碑。

在纪念馆外、于都河畔，伫立着中央红军长征出发纪念碑。纪念碑高为

10.18 米，寓中央机关和毛泽东、周恩来等领导同志于 10 月 18 日在此渡河。该碑碑体为双帆造型，寓中央红军由此扬帆出征。碑座左边为陆定一手书《长征歌》第一首“十月里来秋风凉，中央红军远征忙，星夜渡过于都河，古陂新田打胜仗”是中央红军夜渡于都河长征出发的真实写照；右边为叶剑英 1962 年为缅怀当年赣南省军区政治部主任刘伯坚写的诗“红军抗日事长征，夜渡于都溅溅鸣，梁上伯坚来击筑，荆卿豪气渐离情”。

中央红军长征出发纪念馆展品故事

红色摇篮

在中央苏区时期，于都成立了中央后方医院。当时，护士们一个人要照顾十几位甚至几十位伤病员，每天不停地帮红军伤病员量体温、打针换药已经忙不过来了。在这个时候，他们又接到一个任务，有五名红军后代需要到医院来照顾。这些孩子最大的 10 个月，最小的才刚满月。护士把孩子绑在身上照顾，护士也累，孩子也不舒服，怎么办？

中央红军长征出发纪念馆中收藏的“红色摇篮”。

当地的一位大娘知道了这个情况，就上山采了一些藤条回来，编了五个这样的藤篮送到后方医院去。这样就可以把孩子们放到藤篮里，用一根粗绳子，把藤篮挂在病房的角落，护士来回忙碌时可以过去晃晃篮子，孩子们舒服多了，护士们的双手也解放了。

绣球草鞋

在中央红军长征出发纪念馆中摆放着一双特别的绣球草鞋。它的材质与一般的草鞋有点不同。它不是以稻草做成的，而是用黄麻编织而成的。它也不像其他草鞋只有底，它有鞋面，做工非常细致。值得一提的是，这双草鞋的鞋尖上各绑着一个彩色红心绣球。

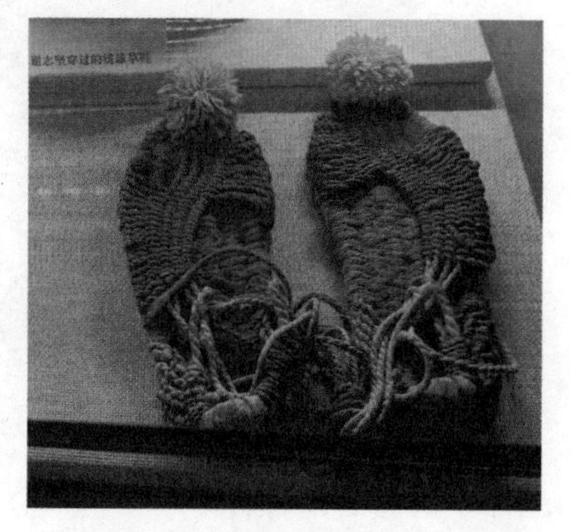

中央红军长征出发纪念馆中收藏的“绣球草鞋”。

这双鞋的主人叫谢志坚。1934 年，谢志坚要跟随大部队转移，他当时的恋爱对象春秀姑娘得知后，连夜赶制了这双精美的草鞋。春秀用了最好的材料来制作，希望这双鞋能陪伴谢志坚跨过前方的凶险旅程，将他平安带回。

谢志坚收到这双鞋后，一直不舍得穿，只在长征途中穿了两次。一次是老百姓用船送他们过金沙江时，这让谢志坚想起了春秀和家乡父老相送于都河的情景；还有一次是强渡大渡河，激战前他们都做好了牺牲的准备，他想着死也要和春秀在一起，便再次穿上了它。

当熬过了艰险的长征之路，谢志坚心怀希冀回到于都想要再见春秀时，却得知春秀在于都解放前夕，便被杀害了。此后一生，谢志坚都将这双草鞋视若珍宝，一直珍藏。20 世纪 80 年代，谢志坚把它捐献给了纪念馆。在捐献这双草鞋前，他特意在鞋面上绑了一对彩色红心绣球，以此纪念他心中的春秀。

江西于都中央红军长征出发纪念碑。

福　建

1. 福建长汀：闽西革命老区核心

长汀县地处福建西部、武夷山脉南麓，南与广东毗邻，西与江西毗邻，是闽粤赣三省的交通枢纽。长汀具有悠久的历史文化、独特的客家文化、厚重的红色文化、丰富的生态文化，是国家历史文化名城、世界客家首府、著名的革命老区。

第二次国内革命战争时期，地处闽西革命老区核心地位的长汀，是中央苏区的重要组成部分，是中央苏区的经济、文化中心，是福建革命运动的政治、军事、经济、文化中心，被誉为“红色小上海”“红军故乡、红色土地和红旗不倒的地方”。毛泽东、周恩来、刘少奇、朱德、邓小平、陈云等一大批老一辈无产阶级革命家都曾在长汀战斗、生活过，开展伟大的革命实践活动。党的早期领导人瞿秋白、何叔衡在长汀英勇就义。长汀是当年中央苏区重要的后勤、军需保障中心。交通便利、航运发达，是闽西、赣南周边各县的物资集散地；邮电、通信迅捷，是上海到瑞金红色交通线的重要通道；财政金融基础雄厚，对革命战争的给养、政府工作人员的供给以及发展工农业生产起到了极其重要的作用；手工业发达、公营工业发展迅猛，工业经济占整个苏区经济的半壁江山；商业繁荣，对外贸易收入成为中央苏区主要财政收入之一。它为巩固和发展革命根据地，保证军需民用物资的供给，支援革命战争作出了巨大贡献；文教卫生体育事业空前繁荣，为革命战争培养了一大批优秀人才。目前，长汀县中央苏区后勤保障革命旧址多达 30 多处，成为总后勤部的祖地老家。

2. 高扬起烈士鲜血染红的旗帜

高扬起烈士鲜血染红的旗帜

本报记者　叶子

松毛岭位于福建省长汀县，南北横贯 80 多里，在这“八山一水一分田”的山区地带，松毛岭是中央苏区东大门的一座天然屏障。将时间拨回到 85 年前的 1934 年 9 月，就是在这里，红九军团、红二十四师及苏区地方武装，与数倍于我的国民党军队，展开了七天七夜的血战，为中央机关和中央主力红军实施战略大转移赢得了宝贵的时间。

松毛岭保卫战后，1934 年 9 月 30 日，红九军团从长汀县南山镇中复村的观寿公祠出发，踏上长征之路，中复村由此成为“红军长征第一村”。

6月17日，记者们列队行进在福建省长汀县南山镇中复村的红军街。（新华社记者 魏培全摄）

真正好人的队伍来了

6月16日，记者来到福建省长汀县四都镇楼子坝村。一条小溪穿村而过，向溪流的源头望去，是青翠的山岭，山间有一条小路通往邻省江西。这里的村民叫它江西坳，山对面的村民则叫它汀州坳。汀州，便是长汀的旧称。

1929年3月11日，毛泽东、朱德、陈毅率领红四军主力从江西瑞金壬田出发来到福建长汀四都。这条小道，便是当年红军首次挺进闽西所走的道路。

在“红军入闽第一村”，还能看到当年的红军医院、兵工厂和造币厂旧址。楼子坝村村支书陈先发告诉记者：“听老同志们说，红军是在傍晚时分到的，家家户户在烧火煮饭。红军穿着草鞋，服装并未统一，他们没有闯进居民家里，只把东西放在屋檐下，与烧杀抢掠的国民党军队不一样，老百姓们感到：真正好人

的队伍来了。”

1929年3月14日，红军打赢长岭寨战斗，进入长汀城。此后的五六年间，长汀依托汀江水运优势，成为赣南、闽西各县物资集散地与中央苏区的经济中心。公营工业、手工业、对外贸易占了整个中央苏区的“半壁江山”，商店林立，市场繁荣，被誉为“红色的上海”。周恩来1931年12月25日致中共临时中央政治局的信中就写道：“汀州的繁盛，简直为全国苏区之冠。”

跟着共产党走出路

同样见证了红军出发的，还有位于松毛岭下的一座客家廊桥。这座始建于明朝的石构单拱桥，是当时红军在中复村设立的征兵处，也被称为红军桥。四根木柱上分别画有一条征兵时用于丈量身高的红军标线。这条线高度约为1.5米，和带刺刀的枪一样高。“人比枪高当红军”，虽然许多人清楚此去凶多吉少，但依然想法子抬头、踮脚，争先当红军。红军后代钟鸣介绍，在中复村一带，就有2000多名子弟走过这条“生命的等高线”。

中复村塘背乡一位叫罗云然的老人，有六个儿子，老大、老二、老三都是老人亲自送到红军桥参军的。不幸的是，他们都牺牲在反“围剿”战场上。当得知松毛岭战斗形势严峻，老人再次将剩下的三个儿子送到征兵处。

明知道可能会死，为什么还要跟着红军、支持红军？钟鸣问过很多红军老前辈，大家都回答他：“跟着共产党走出路。”钟鸣告诉记者，这是一句客家话，也有“跟着共产党有出路”的意思。“我们都相信，跟着红军，才有活路，才有活好的希望。”

若要红旗飘万代，重在教育下一代

有出征就有留守，有出发却不一定等得到归来。

今年 84 岁的长汀县南山镇老人钟开衍比长征小一岁。1934 年，他的父亲钟奋然刚刚度过新婚在家的两个晚上就跟着红军出发了。第二年，母亲赖二妹生下了他。等待丈夫归来的日子里，赖二妹每年给丈夫做一双鞋，直到 1963 年，一纸烈士证书传到家中。于是，家人便用这 30 年来的鞋子和父亲的衣服修建了一座衣冠冢，立在家门口 50 米远处。身体抱恙的钟开衍，躺在躺椅上向记者讲述了这个守候的故事。他说，母亲总是教育他们，“我们这一家是共产党扶起来的，要好好工作报答共产党”。

南山镇长窠头村老人钟宜龙今年 91 岁，他还记得松毛岭战役时，敌军的轰炸使得“整个屋子都在震，瓦片乱飞”。1953 年

福建长汀红军入闽第一村。

起，钟宜龙和村民们开始搜集烈士遗骸，走访本村和邻村幸存的老红军、五老人员，整理1928年到1934年参加革命的烈士名单，撰写相关历史史略。2016年，他又将祖屋腾出来，建成了一个小型的红色家庭展。

记者见到钟宜龙老人时，他胸前还戴着一个党龄超过50年的纪念章，问他，怎么想到办这样一个展览，老人一字一顿地说："若要红旗飘万代，重在教育下一代。"

这句话，老人也做成了对联挂于门上。每一位来参观这个展的人，抬头便能看见。

（《人民日报海外版》2019年6月24日第1版）

3. 长汀的长征故事

傅连暲日夜兼程救主席

1934年秋，这天下午，中央红色医院院长傅连暲正在医院给红军战士看病，突然接到中央人民委员会主席张闻天的紧急电话，一个惊人的消息，毛主席在于都病了，病情非常严重，要他亲自前往救治。

傅连暲接完电话，马上收拾好各种急救药品、听诊器、体温表和注射器等，骑上一匹骏马就上路了。

当时，傅连暲的身体也很差，患有肺病、胃病和痔疮，天天都在吃药。瑞金至于都180里，金秋时节，烈日炎炎，别说患了病的人，就是身强力壮的小伙子，长途跋涉也是很辛苦的。然而，傅连暲给毛主席治病心切，他不顾自己从来没有学过骑马，也不顾痔疮痛，为了争分夺秒早点赶到于都，他骑着马拼命往前赶，途中一刻也不停留，经过一夜的奔驰，终于在第二天的傍晚赶到了于都毛主席住处。

毛主席的秘书、警卫员和医助钟福昌一见傅院长来到，个个都转忧为喜。

傅连暲顾不上跟他们说话，一跳下马，立刻就到毛主席房间。这时，毛主席躺在一张木床上，额上敷了一条冷毛巾，他的嘴唇干裂了，呼吸很急促，双颊烧得通红，颧骨高高地突了出来，整个人比以前瘦多了。傅连暲看了毛主席病成这个样子，心

福建长汀观寿公祠。

里感到说不出的难受。

毛主席听到了脚步声，睁开眼瞧了傅连暲一眼，吃力而微弱地说："傅医生，你来了！"傅连暲连忙走到床前，说："主席，我来了。"说完，他马上拿出体温表和听诊器，经试体温，发现水银柱一下子升到41℃，傅连暲心里大吃一惊，但他极力控制惊慌，保持镇静，细心做好检查。他戴着听诊器，仔细检查了毛主席的胸部、背部和腹部，幸好还都正常，就是腹部有点胀。当时那里没有显微镜，也没有X光，不能验血和透视，检查只能到此为止。

傅连暲一走出屋，毛主席的秘书、警卫员都围过来，焦急地问："傅院长，主席的病怎么样？""热度很高。"他作了一个简单回答后，为了正确判断病情，傅连暲向医助钟福昌问话，了解毛主席患病的情况。

"主席什么时间开始发烧？给他吃过什么药？"

"发烧已三天了，给他吃过奎宁，一直不退烧。"

"吃过东西了吗？"

"三天没吃东西了，只喝了点米汤。"

"有时昏迷吗？"

"不昏迷，头痛得厉害。"

究竟是什么病呢？傅连暲凭自己高超和丰富的医疗经验，估计有三种可能：肺炎、肠伤寒、恶性疟疾。毛主席虽然时有咳嗽，但胸部正常，又不见吐铁锈痰，不像肺炎，腹部虽较胀，但经过灌肠后，松软了，且神志清醒，身上又不见斑点，也不像伤寒；三种可能否定了两种，傅连暲判断毛主席得的是恶性疟疾。当时正是疟疾流行季节，当地蚊子又非常多，毛主席床上没有蚊帐，所以传染上了这种病。钟福昌虽然给毛主席吃了奎宁丸，但药量不够，所以无济于事。

傅连暲把自己的诊断，并准备给注射奎宁和咖啡因，口服奎宁丸的治疗方案告诉毛主席后他同意了。于是，傅连暲亲自为毛主席治疗。当晚，傅连暲就住在毛主席隔壁间的秘书房间里，虽然赶了一天一夜远路，浑身十分酸痛疲劳，但是心中有事，睡不安宁，躺了一会儿，他又起来悄悄走过去观察毛主席，见他睡得很安稳，呼吸也很均匀。这才回到自己房间，上床去一合眼就睡着了，不知过了多久，突然惊醒过来，听到了毛主席的咳嗽声，傅连暲心里就像扎了针似的，翻来覆去睡不着，挨到天明，他爬起床来，走到毛主席床前，见他已经醒了，便问道：

“主席，好一点了吗？”

毛主席用手摸摸额角，说：

“头轻了一点。”他也关心地问，“你累了一天，睡得好吗？”

“我睡得很好。”为了让毛主席宽心，傅连暲撒了个谎，然后问道，“主席睡得好吗？”

“我睡得好。”毛主席答道。

测体温了，真叫人高兴，毛主席的体温开始降为40℃。傅连暲又给他检查了胸、背和腹部，一切都正常，这样，又像昨天一样，他给主席打了一针，又拿出三片奎宁丸，一天分三次服用。

第三天，毛主席的体温降到39℃，额上的湿毛巾拿掉了，问主席感觉如何时，他说：“今天感到又好了一点。”

第四天早晨，当傅连暲提着药箱，去到毛主席房间，准备给他检查身体时，只见毛主席坐在办公桌前，正在聚精会神地翻阅文件。一个接连高烧了一星期的人，每天只喝点米汤，脸色还又

瘦又黄，即使烧退了，也是大病初愈的人，总该休息几天，怎能马上就工作！

可是，毛主席一心想着革命，想着红军，想着党和人民，他不肯听傅连暲的劝阻，他温和而严肃地说："休息？做不到的，现在环境很紧张！"不过，他理解傅连暲的好意，也安慰他说："我已经好了，傅医生你放心吧！"

果然，一试体温，水银柱稳稳地停在37℃上，毛主席一场大病转危为安了！因为毛主席当时正在负责调查红军撤离中央苏区的突围路线，他的健康和红军的存亡密切相关，所以，毛主席及时得到治愈，人们都认为傅连暲在关键时刻为党立了一大功。

（选自《长汀红色故事》）

坚贞不渝的赖二妹

当年，中复村一带的群众跟随红军长征的就有六七百人，他们几乎都杳无音信，没再回来。他们的离去让多少父母在无尽的思念中含恨而去，让多少妻子在望穿秋水中苦苦等待。

新婚一天就送别丈夫钟奋然的赖二妹，十个月后产下遗腹子，她除了上山砍柴，打短工含辛茹苦养活孩子外，大部分时间就是坐在自家大门的门槛上，痴痴地等待丈夫的回来。因为她答应了然哥，哪怕就是等到天荒地老也要等他回来。这一等就是30年，她家的门槛也在她苦苦的等候中坐出了一道深深的凹槽。然而1963年，赖二妹等到的却是丈夫战死沙场的消息，她含着泪带着孩子给丈夫修建了衣冠冢，棺材里放的是赖二妹每年给丈夫做的一双鞋，一共30双。那是她30年无尽的思念和比海还要深的爱啊。丈夫的衣冠冢就建在离家不足50米的小山坡脚下，墓门与家门遥遥相对，赖二妹依然每天坐在门槛上，她要陪丈夫好好说说话以解相思之苦。她的情、她的爱、她的青春、她的美丽就这样融化在她坚贞不渝的思念与守望中，直到她永远合上了双眼那一刻。

（长汀南山镇供稿）

长征起点守魂人

他是个苦命的孩子。刚出生不久，父母就被反动民团残忍杀害。他被抱到松毛岭脚下的养父母家生活。

福建长汀钟宜龙红色家庭展。

动乱年代，覆巢之下无完卵。

在他 6 岁那年，当地发生松毛岭保卫战。由于敌强我弱，战斗异常惨烈。处处硝烟弥漫，血肉横飞。无数战士在这场七天七夜的血战中献出了宝贵的生命。

看到养母和几个大人从满目疮痍中抬回一个个血肉模糊的伤员，他吓得连哭都不会了。那一幕幕悲壮，从此在他的脑海里挥之不去。

几天后，在距松毛岭不远处的中复村，红军开始长征。他的养父也随军出发。在江西罗田的战斗中，养父壮烈牺牲。上天再次剥夺了他父慈母爱的幸福。

抗战胜利后，他参加剿匪。当时，土匪藏在松毛岭的一个山窝里，为了逼土匪现身，战士们在山上放了一把火。大火过后，土匪投降了，眼前的景象令他热泪盈眶，唏嘘不已。茂密的青草化为灰烬，曝出漫山遍野的尸骨，这些都是当年在松毛岭战役中冲锋陷阵英勇献身的无名烈士。那一刻，他想起客死他乡尸骨寒的养父。心如刀绞。

福建长汀钟宜龙老人。

让英魂安定，这股信念像根一样扎进他的心里。他噙着泪与当地村民们一个山头一个山头地将一块块遗落在山间的战士遗骸捡回，集中安葬，为他们筑起了一座朴素的墓碑。在松毛岭战役中牺牲的烈士们，终有了灵魂安息之所。

由于无从知晓他们的姓名，他在这座两米多高的墓碑上为英雄们刻上了统一的名字——“红军”。望着沉甸甸的“红军”二字，他心痛无比。这些为了信仰抛头颅洒热血的英烈以如此悲壮的方式离开，身故后竟连名字都无人知晓。他决定为这些无名烈士们“找名字”。有的烈士家庭全部遇难，有的政府没有登记入档，要查找他们的信息，何其困难。为了确认烈士身份，他四处走访幸存的老红军战士，足迹遍布周边县市。

每找到一个名字，他都会买上香烛，郑重地来到墓碑前告慰英烈的在天之灵。平日里，他也会上那儿转转，清除杂草，擦拭墓碑。从风华正茂的青年至风中之烛的暮年，风雨无阻。

他生活简朴，常年吃馒头蘸酱，许久不曾添置新衣，不给后辈留任何财产。他却拿出毕生积蓄，腾出祖屋，自费筹建红色展馆，把收集到的革命资料一一陈列出来。

他说，无数先辈们用血肉之躯筑起了民族的脊梁。那个烽火连天、硝烟弥漫的时代过去了，但沐浴在和平阳光下的我们不能把他们忘记。守护他们，就是守住一段惊天地泣鬼神的历史，守住心灵的最后阵地，守住一个国家和民族的血液里那股荡气回肠的信念。

他将生命的光悄然无声地隐于默默守望中，日复一日，年复一年。在剩余的生命里，他也将把发扬传承红色精神当作自己唯一的使命。

他是无名烈士的“守魂人”，他叫钟宜龙。

（作者：钟　娴）

红色文化讲解员

他叫钟鸣，中共党员，红军后代。他的叔公钟汝庭 1934 年参加长征，在湘江之战中牺牲。他当过教师，后去北京做生意，2012 年回村，曾当过村委会主任。这几年他主要在村里当义务讲解员，为来客讲述当地的红色历史和文化。

钟鸣带记者一路走，一路看，各种红色历史人物、事迹、民歌等信手拈来。记者登上松毛岭的七岭高地，远望青山连绵不绝，近看昔日战壕犹在。站在仿制的红九军团军旗下，钟鸣边说边比画，将当年敌我双方态势、战斗进程一一道来，不禁令人对他产生深深的敬意。

记者问:“你当初为什么想到当义务讲解员呢?”钟鸣坦率地说，他并不缺钱，之所以坚持义务为客人讲解，就是为了让人们不要忘记那段历史，让长征的精神代代相传。

他说，当年的松毛岭大战，中复村是“家家无门板，户户无闲人”，男女老少都上阵支援前线。战斗是中秋节那天打响的，为了防止敌人趁机偷袭，军民提早一天过节。直到现在，当地还保留农历八月十四过中秋的习惯。

20 世纪 80 年代，江西兴国籍一位七八十岁的老红军，来松毛岭寻找战友的遗骸。钟鸣当时在一所学校当老师，去陪同这位老红军。一行人上了山，老人按其记忆地点请当地农民挖，没有找到。老人不顾警卫员的劝阻，硬是自己徒手刨，最后还是没找到，老人泪水纵横。这件事给钟鸣留下了难忘的记忆。

钟鸣告诉记者，每到节假日是他最忙的时候，一天要讲好多场，“去年 10 月 2 日，客人很多，我连讲了八九个小时，嗓子哑了”。

钟鸣说，能当义务讲解员，他很自豪。当地不少人也在为弘扬红色文化作贡献，比如退休干部、红军烈士后代钟宜龙，在自己家里举办“红色家庭展”，免费供人们参观。

（来源：《福建日报》）

4. 长汀的红色景点

松毛岭保卫战遗址

松毛岭，坐落在长汀县东南境内的一座大山，南北横贯40多公里，东西蜿蜒约15公里。东往龙岩、上杭、连城，西出长汀、瑞金，群峰绵延，地势险要，到处是高山峻岭，松林茂密，历来是兵家必争之地，也是中央苏区东大门的一道天然屏障。

松毛岭中段是全线要冲，仅有白叶洋岭和刘坑口两条山道，两处相距二三公里，地处主峰，地势十分险要。越过松毛岭这座大山，就可以长驱直入，直通汀州城，直接威胁中央苏维埃政府所在地——瑞金。

为迟滞东路国民党军对红军的进攻，罗炳辉、蔡树藩指挥红九军团和红二十四师充分利用松毛岭居高临下的有利地形，在最高的几个山峰上构成周密的主阵地带，以大小据点组成交叉火力。主要据点设在几个山顶上，挖下深沟，并用大小木头盖成掩体，又在上面铺一层二三尺厚的土，最上层伪装上草皮或树枝。阵地内各主要据点间，挖有交通战壕，互相连接沟通。阵地前挖有外壕，用鹿寨和竹签作障碍物，构筑成有效的防御工事。

1934年9月初，蒋介石在南昌获悉东路军在温坊损兵折将，派北路军总司令顾祝同于9月中旬飞抵龙岩，协助蒋鼎文重新布置进攻松毛岭的战斗，敌人气急败坏，集结大量兵力再次向松毛岭进攻。由宋希濂的三十六师担任主攻，第十师推进到新泉一线，第九师集结于朋口以西地区，以一部分在第三十六师右翼协助进攻，第八十三师集结于连城、朋口之间，担任左翼警戒，并派一部分向连城以西地区活动。

留守在松毛岭的红九军团和红二十四师，他们的任务就是把守松毛岭，牵制敌人，保证主力红军实行战略大转移。他们在当地赤卫队员配合下在主要通道上布下重兵，构筑了坚固的工事碉堡。在红军战士心目中，保住了松毛岭，就是保住了汀州，保住了瑞金，保住了整个中央苏区。

福建长汀松毛岭战役旧址。

1934年9月23日，正值中秋佳节。上午7时，松毛岭保卫战拉开序幕。国民党军东路军第36师、第10师等3个师向红军主阵地发起进攻，数小时内发射了几千发炮弹。几十架“黑寡妇”德制飞机尚未天明即来轮番扫射、轰炸，碗口粗的松树被拦腰炸断。罗炳辉、蔡树藩、郭天明等亲临前线指挥。因敌人炮火猛烈，饭送不上去，红军战士已两餐吃不上饭，仍在坚持战斗。鏖战整日，红军扼守的阵地巍然屹立。入夜，红军战士们加紧补修工事。

9月25日，红九军团军团长罗炳辉、政委蔡树藩奉命去瑞金开会时，战斗仍在激烈进行，暂由郭天明和黄火青指挥。双方为争夺一个山头，时常展开白刃战，喊杀声、枪炮声响彻云霄。

27日，国民党军在飞机和大炮的掩护下，开始向白叶洋岭进攻。红军凭借着步机枪和手榴弹等轻武器，冒着敌人的炮火，大量杀伤靠近阵地的敌人。成群的国民党军像蝗虫一般蜂拥冲上山峰，英勇的红军指战员在阵地上与敌人展开了激烈的白刃战。白叶洋岭上，硝烟滚滚，喊杀声、厮杀声响彻云霄。敌人一批批蜂拥上来，被红军战士用刺刀和石块一次次打下去。至下午2时，红军在给进攻之敌以重创后，伤亡严重，主阵地工事大多被摧毁，被迫放弃白叶洋岭，向西侧山麓之钟屋村撤退。国民党军占领了白叶洋岭，但也付出了惨重代价。宋希濂刚登上主阵地最高峰，即被红军枪弹击成重伤，险些丧命。

28日，中革军委命令红九军团将防守阵地交给红二十四师，撤到钟屋村附近休整，准备接受新的任务。

当天，福建军区动员的1600多名新战士组成的新补充团，开到钟屋村补充红九军团。

为了支援松毛岭保卫战，中共福建省委书记刘少奇与省苏、

省军区的其他领导同志齐心协力，领导苏区人民积极投入支前工作。地处松毛岭下的钟屋村、蔡屋、官坊、塘背、黄家庄等村的群众，更是全力以赴支援红军。塘背乡全乡只剩两个成年男子，其余全部参加武装支前工作。男子修工事、抬担架，妇女做草鞋、送饭菜，连儿童也用竹筒送水到战场。钟屋村的赤卫连、少年队都组织起来抬伤员、送茶水。家家户户都住满伤员，许多重伤员来不及抢救，就牺牲在担架上。

红九军团撤下后，坚守松毛岭阵地的红 24 师仍然顽强地抗击着国民党军的进攻。9 月 29 日，国民党军第 9 师、第 36 师在飞机大炮的掩护下，再次向松毛岭发动猛烈进攻。下午 2 时许，红军左侧唐古垴阵地陷落，形势严重，影响很大。红九军团第 7 团、第 8 团重又参战，于当晚趁敌立足未稳组织反击。经过多次反复争夺，终于将敌击溃，恢复了阵地。此时，红军各处阵地工事大多被摧毁，焦土一片，断树残枝上都挂有残肢断腿。此战，歼敌百余人，但红军也伤亡百余人，第 7 团团长刘华香负伤，第 8 团直到深夜才撤下来。

9 月 30 日，松毛岭山头上仍然硝烟笼罩。红九军团奉命西撤，从钟屋村转移到河田、长汀地区待命。至此，第五次反“围剿”已持续 1 年之久。松毛岭保卫战，据不完全统计，我军牺牲了 4000 多人，先烈们的鲜血浸透松毛岭的沙土，染红了满山的杜鹃。红九军团、红二十四师和福建军区、闽西赤卫队、长汀支前民工牺牲的英烈们，用鲜血谱写了一曲悲壮的英雄赞歌。

红九军团在这里踏上了二万五千里长征，钟屋村成为红军长征第一村，长汀成为红军长征出发地之一。

（长汀县党史和方志研究室供稿）

瞿秋白烈士纪念碑

瞿秋白烈士纪念碑陵园坐落在福建省长汀县西门街罗汉岭，占地面积 17510 平方米。面临长汀县城大街，背靠罗汉岭山麓，广场宽大，花木锦绣，是全国红色旅游经典景区。

红军主力长征时，瞿秋白因患肺病，留在江西瑞金坚持游击战争，任中共中央局宣传部长。1935 年 2 月，他的肺病日益严重，中央决定派人送他转道香港去上海就医。当 2 月 24 日走到福建省长汀县濯田区水口镇小径村时，被当地反动武装保安团发现，突围不成被捕。当时化名林祺祥，职业是医生。4 月初，国民党第八师俘获中共福建省委书记万永成之妻徐氏，供出瞿秋白已在长汀县被俘的情报，国民党根据徐氏提供的情况，从被俘人员中找到了瞿秋白，又让被俘的、曾当过收发员的叛徒郑大鹏在暗处指认，证实“林祺祥”确系瞿秋白。

福建长汀瞿秋白烈士纪念碑。

瞿秋白烈士纪念碑建于 1952 年，“文革”期间遭人为破坏。1985 年 6 月 18 日，为纪念瞿秋白就义 50 周年，举行了新建纪念碑揭碑仪式，碑通高 30.59 米，砖混结

构，贴金碑名由全国政协副主席陆定一题写，大理石碑文由中共福建省委、省政府撰写。1985年公布为省级文物保护单位，1986年公布为全国重点烈士纪念建筑物保护单位，2001年被中宣部列为全国爱国主义教育示范基地，2010年被列为中国井冈山干部学院现场教学点。陵园内建有瞿秋白纪念馆和瞿秋白就义处。

（来源：瞿秋白烈士纪念碑官网、百度百科）

福音医院旧址

位于县城东门街东后巷58号。原名汀州“亚盛顿医馆”。亚盛顿是英国伦敦基督教会的一位爵士，1903年，以个人名义给汀州中华基督教伦敦会25万英镑作基金，开办了这座“亚盛顿医馆”和学校。1925年，在“五卅”运动的反帝怒潮冲击下，英国院长和医生、护士惊慌逃走，于是，全院推举傅连暲为院长。傅连暲遂将“亚盛顿医馆”改为“福音医院”。此院位于北山麓下，坐北朝南，由门房、医馆、男病房、女病房、医疗室、手术室、化验室、X光室、医生宿舍、厨房、太平房等中西合璧式的土木结构组成，占地1871平方米。1956年、1989年相继维修，保存完整。1927年9月初，“八一”南昌起义军从江西来到长汀汀州福音医院。医务人员在傅连暲院长带领下，为南昌起义军救治了徐特立、陈赓等300多名伤病员。1929年3月，毛泽东、朱德率领红四军首次入闽占领长汀县城后，傅连暲带领福音医院医护人员又为红四军全体指导员接种牛痘，医治伤病员，成为中央苏区第一所为红军服务的医院。1931年9月后，汀州已成为中央苏区的中心城市，许多中央和地方领导曾在福音医院接受治疗，其中有毛泽东与贺子珍夫妇、周以栗、陈正人、罗明、伍修权等。

福建长汀福音医院。

1932 年，傅连暲遵照毛泽东为革命战争培养医务人员的指示，先后在福音医院创办了中国工农红军中央看护学校和中央红色医务学校，为红军培养了大批医务人员，还利用教会医院的名义，千方百计为红军解决缺医少药的困难。1932 年秋，毛泽东在福音医院疗养 3 个多月，得到傅连暲的精心治疗，毛离开福音医院前，建议将福音医院改建为中央红色医院，傅表示同意。翌年初，傅连暲雇了 150 个挑夫，用了半个月时间，把自己价值 2000 多银圆的药品器械从长汀挑到瑞金叶坪杨岗，正式创立了中央红色医院，傅连暲任院长。福音医院是中央红色医院的前身，由此也就是 301 医院的前身。中共中央机关报《红色中华》表彰傅连暲是“苏区第一模范”。

1961 年公布为第一批省级文物保护单位；1988 年正式成为第三批全国重点文物保护单位。

松毛岭保卫战战地医院旧址——超坊围屋

超坊围屋坐落于长汀县南山镇中复村，2007年9月公布为第五批县级文物保护单位。该建筑建于清代，占地8000多平方米，是客家围龙屋建筑的实物范例。

1934年9月，在松毛岭保卫战中，该宅曾作为红军战地医院。当时蒋介石为打开中央苏区的东线大门，直取中央苏区，他电令李延年、宋希濂等部十几万人，向松毛岭进逼。第五次反“围剿”进入紧要关头，苏区全线告急，红军伤亡惨重。为救治伤员，苏区群众组织了运输队、担架队、慰劳队奔赴前线，当时的钟屋村为支援前线战争作出巨大牺牲，“家家户户无门板，家家户户无床板”是当时的真实写照。战事一直持续了七天七夜，作为红军战地医院，很多伤员从山上运送到围屋救治。聂荣臻、罗荣桓、张鼎丞、耿飚、杨成武、林彪都在这里住过。超坊围屋为松毛岭保卫战及伟大的红军战略大转移作出了巨大的后勤保障贡献。

广　东

1. 广东：中央苏区的南方屏障

广东曾是中国大革命的策源地和中心，土地革命战争时期，东江革命根据地成为中央苏区的南方屏障，粤语东北部分区域属于中央苏区范围。东江革命根据地为中央苏区输送了大批干部、兵源，提供了大量紧缺物资，为中央苏区的发展作出了重要贡献。

红军长征顺利开局是革命统一战线思想在广东的成功实践。长征出发前夕，即 1934 年 10 月初，周恩来和朱德根据“围剿”红军的国民党南路军总司令、广东军阀陈济棠的请求，派潘汉年、何长工为红军全权代表，在江西寻乌县罗塘镇与陈济棠的代表秘密会谈，达成 5 项协议，其中重要的一条是在必要时“互借道路”，即红军行动事先通知粤军，粤军后撤 40 里，让红军通过；红军只借道西行而不进入广东腹地。这个协议为中央红军长

征初期顺利突破国民党的三道封锁线创造了有利条件。

粤北地区处于湘粤赣三省要冲，是红军长征向敌军较薄弱的西南方向突破的必经之路。中央红军长征于 10 月 26 日进入广东，从南雄、仁化、乐昌（含当时乳源部分地区）等五岭山区过境，11 月 13 日全部离开粤境，历时 19 天。红军在江西突破第一道封锁线后，陈济棠就急令其主力部队撤至大余、南雄及粤北一线。之后，红军几乎是以急行军姿态向西进发。10 月底最后 11 天日行军平均每天 78.2 里，在整个长征途中，日均行军速度最快。尤其是当红军进达国民党粤军第二道封锁线时，未经大的战斗，顺利从湖南汝城、仁化县的城口间通过。在广东期间，红军先后取得了新田、城口、铜鼓岭、九峰山、茶料等一系列战斗的胜利，成功突破了敌军第二、第三道封锁线。此外，在 1934 年底 1935 年初，担任后卫的红五军团第十四师也曾转战于连县。

中央红军长征后，留守在赣粤、闽粤、湘粤边界的红军游击队依靠群众支持，英勇奋战，牵制敌军，密切配合红军主力转移。项英、陈毅率领余部，突围转移到赣粤边油山山区，组成红军游击队，领导开辟了赣粤边游击区。留守粤北、粤东等地的红军游击队在极端艰难的条件下坚持艰苦卓绝的三年游击战争，牵制了大量敌军，从战略上配合了红军长征，为长征胜利作出了重要贡献。

2. 爱护老百姓就像爱爹娘

爱护老百姓就像爱爹娘

本报记者　陆培法

粤北地区处于湘粤赣三省要冲，是红军长征向敌军较薄弱的西南方向突破的必经之路。1934年10月，中央红军抵达苏区南端的边缘地带，进入粤北，于南雄、仁化、乐昌等五岭山区过境，行程400余里。

日前，记者沿着当年红军的足迹，走进了粤北山区。

一个红军碗，五代人守候

1934年11月2日至9日，连续多天，仁化县城口镇境内军旅匆匆。长征大部队过后，一些掉队的伤员得到了当地百姓的悉心照料。

半山村现已97岁的张堂英，珍藏了一个红军碗。老人家的女儿蒙日娇向记者讲述了母亲讲了一辈子的故事。

当年的一个冬夜，张堂英的父母亲蒙家财、黄乙秀夫妇突然听到有人敲门。蒙家财打开门，见是十多位红军战士。两位红军用担架抬着一个满身血迹的伤员，十几位红军身上也都有大小伤痕。蒙家财查看了受伤红军的伤口，连夜担着箩筐，上山采药。黄乙秀则在家中给红军煮饭，清洗伤口。

带队的是连长，姓韩，担架上的是排长，姓徐。几天后，韩连长赶去找大部队。徐排长右腿受伤，留下继续治疗。又敷了十

多天的药，伤口才慢慢合上。

临走时，徐排长拉着蒙家财的手，流着泪说：你们照顾我这么好，又治好了我的腿伤，我没什么好礼物给你，就这么一个随军打仗、喝水、吃饭的瓷碗，给你留作纪念吧。以后我们革命胜利了，我一定再来这里报答你们。

蒙家财玄孙说，自我懂事以来，就一直听家里人讲这个红军碗的故事。我们应该牢记先烈的遗志，努力学习，奋发向上。

光阴似水，岁月如梭。80多年过去了，半山村已经发生日新月异的变化……但是历经革命斗争风雨的老区人民，不会忘记这段历史。张堂英依然经常与人谈起红军长征在城口的故事，将红军伤员徐排长的红军碗收藏在她睡房的阁楼上。

这个碗，凝聚着这个家庭祖孙五代对红军对共产党的特殊情感。

瑶族同胞都记得红军的好

1934年，红军长征前后，先后有几支红军部队经过广东清远连州市瑶安乡开辟游击根据地。

长征中，红一、九军团在湘南宜章留下一批伤病员，他们被湘南地下党转移到连州市天光山。当地瑶胞积极采药，秘密掩护，精心治疗，不少伤病员和弱小红军被当地人掩护收养安置。

中共连州市委党史研究室原主任黄兆星介绍说，进驻瑶安乡瑶寨的红军为不打扰当地百姓，睡在树荫底、屋檐下或造纸厂内；红一、九军团的伤病员们即使忍饥受饿也不动瑶胞的腊肉、蔬菜；吃了纸厂工人的饭，工人上山采竹未归，红军则把银两留下。

红军严明的纪律、朴实的作风打动了当地瑶胞。

红军通过国民党设置的三道封锁线后，进入连州山区的部队粮食不足，疲劳不堪，病弱增多。多亏有当地瑶胞帮助，主动拿出茶油、冬菇、土纸、竹木等当地特产，解决红军急需的粮食、生盐、布匹等物资，为红军储备战斗力。

红军烈士墓，如今安静地躺在连州市瑶安乡田心村的山岭上，见证着村子的变化。2017 年农历五月初九，田心村对红军墓进行了修葺。从那年起，田心村决定把每年的农历五月初九定为“红军节”，纪念红军烈士，传承和发扬革命精神。

如今，不仅是田心村，瑶安乡的 19 个村被广东省政府确立为“红色根据地”革命老区，进一步传承红色文化。

南雄大地，红歌传唱到如今

“当兵就要当红军，处处工农来欢迎，官长士兵都一样，没有人来压迫人……”

在上朔村徐屋祠堂门前，油山镇大塘中心小学的学生们朗声咏唱革命历史歌曲《当兵就要当红军》。祠堂斑驳的墙壁上，《当兵就要当红军》的歌词、曲谱，至今依旧可辨。

上朔村村民徐鸿志对记者介绍说，徐屋祠堂上的这首军歌一度险遭不幸。为防止被国民党反动派军队和当地民团发现之后搞破坏，村里老百姓曾用黄泥巴把整面墙壁糊住。“后来敌人被消灭了，老百姓把黄泥揭下来，军歌又露了出来，就这样才保存下来。”

新田之战是红军长征在广东打响的第一仗，作为这场战斗的见证者，年过九旬的新田村民李梅德讲起来，依旧中气十足。

李梅德回忆说，红军部队纪律一向严明，尽管进入了村子，但坚决不拿群众一针一线。那一年他只有6岁，印象中，“大人们拿着红薯、花生等食物给红军，他们都不要”。然而，打了胜仗的红军却还给乡亲们分猪肉，“是他们到镇上买的，没有要村里人的”。

红军的故事在李梅德心里种下了种子。1949年9月16日，李梅德加入了解放军第十三军三十九师步枪班。1952年，光荣退伍。

坐在村里那棵千年古榕下，李梅德给记者唱起了当年的歌，“鱼儿离水活也活不成，咱离开老百姓就不能打胜仗。老百姓爱护咱如同爱儿郎，咱爱护老百姓就像爱爹娘……”

（《人民日报海外版》2019年6月27日第1版）

3. 广东的长征故事

新田打胜仗所在地

新田是红军长征进入广东打响的第一仗，李梅德老人向记者们回忆当时部队在新田村的情况。“鱼儿离水活不成，咱离开老百姓就不能打胜仗，老百姓爱护咱如同爱儿郎，咱爱护老百姓如同爱爹娘……”6月22日，在广东韶关南雄市新田村口的老榕树下，91岁的新田村村民李梅德唱起歌谣，回忆起当年的军民鱼水情。

红军长征经过时，是 85 年前的秋天。那时只有 6 岁的李梅德，有时会和小伙伴到老榕树下玩闹。“有几天，家人就不让我到处乱跑了，说是外面在打仗。”李梅德说。

当年，新田战斗就在村子附近打响。

1934 年秋，中央红军开始长征，突破敌人的第一道封锁线后，10 月 25 日，红一军团从江西进入南雄县（今南雄市）的界址、乌迳一带。敌人闻讯后，在红军必经的乌迳镇新田村等地堵截。

面对敌兵，红一军团要求直属侦察连消灭乌迳、新田之敌。

“直属侦察连是个很有战斗力的队伍，有 160 多人，都是挑选出来的，军政素质较好，百分之八十以上是党员团员，武器装备也较好。”南雄市史志办原副主任李君祥介绍。

接到命令后，直属侦察连连长刘云彪率队抵达前沿阵地。经侦察，敌人约 200 人正在新田墟附近的山坡上挖战壕，敌指挥部设在新田墟的炮楼里。做好充分战前准备后，刘云彪一声令下，直属侦察连乘敌不备发起猛攻。一个冲锋，就打得敌人乱作一团、东逃西窜，沿着山沟逃跑了。

李君祥说：“新田战斗是长征入粤的第一仗。此战的胜利，提振了士气，也为中央红军顺利通过南雄创造了条件。”

“仗打完后，红军在桥头搭了个台，我就出去看热闹。我个头小，人又多，在人群后也没听清红军讲个啥。讲完话，红军和游击队就分肉给老百姓。村里每个人的脸上都洋溢着喜悦。”当年的情景李梅德仍记忆犹新。

“村里很多老人看到红军吃的饭，用破布袋装着，打开一看却是腐败的。村民觉得红军太苦了，就送水送吃的给他们，他们却连说不要不要。”李梅德回忆。

“1929 年，朱德、毛泽东率领红军经过时，就在附近的黄木岭召开过群众大会，号召打土豪、分田地、参加革命。这里成立了县委和县苏维埃，成为中央苏区的一部分。长征时，村里很多年轻人就跟着红军一起走了。后来绝大部分杳无音信，也不知道牺牲在了哪里。”新田村党支部书记李雄林说。

“红军走后，国民党反动派回来疯狂报复，很多帮助过红军的人家都遭到迫害。”讲到这些，李梅德有些哽咽。

长大后的李梅德 1949 年也参加了解放军，在云南西双版纳作战时，面对敌人两挺重机枪防守，他和战友像红军战士一样英勇战斗，不畏牺牲，最终取得了胜利。

新田战斗的战壕已被时间填平，随红军出征的青年也不知魂归何处。但当年的军民鱼水深情，一直留在李梅德的脑海里，留在老区人民的心中。

（来源：《光明日报》2019 年 6 月 23 日）

为陈毅送饭送情报

71 岁的大兰村村民交通员儿子李英成，是红色文化义务讲解员。他父亲李盛发，曾为被困在梅岭的陈毅送饭、送情报。

1935 年 7、8 月份，一位因个头高大而被叫作“刘高佬”的红军带着队伍，藏进了李盛发他们村后面的一个石洞里，有时在，有时不在。

“那时，我父亲给他们做地下交通员。转眼间，1936 年春节快到了，‘刘高佬’就跟我父亲说，能不能想办法给他们买一点年货，给战士们过个春节。我父亲问清楚买什么后，就去街上买回了一只鸡、一条鱼，还有几斤猪肉。”6 月 23 日，在广东韶关南雄市油山镇，70 岁的李英成讲述了父亲李盛发帮“刘高佬”买年货的故事。

“年货买回来后，‘刘高佬’对着大家说，你们看国民党不是想封死我们吗，今天是中国的传统节日——春节，我们有老百姓的支持，照样可以过一个‘好’的春节。”李英成说，“很久以后，我父亲才知道，在那么艰苦的环境下依然保持乐观的‘刘高佬’原来是陈毅。”

当时，对陈毅和他带领的游击队来说，那个春节确实已经很“好”了。

因为就在不久前的 1935 年 11 月份，国民党为对活动在赣粤边地区的游击队进行“清剿”，实行了封坑封山、移民并村的政策。

“我们老百姓被迫迁走，后来，房子也都被烧掉了。国民党只允许百姓初一、十五进山，还要进行严格盘查。我父亲就利用进山的机会，装作去砍柴给游击队送点吃的或情报。陈毅还教会了我父亲‘敲三下竹’进山的暗号。”李英成说。

面对国民党的“清剿”，陈毅带领游击队想尽各种办法在深山老林里“极限”生存：没有粮食吃，就挖野菜、摘野果、捕野物充饥；没有房子住，就搭茅棚，或住山洞；缺少衣被御寒，就靠相互的体温依偎过夜。

然而，随时来临的生命危险，对游击队来说，仍然猝不及防。

1935 年冬天，陈毅带领游击队在油山一带行军，遭到伏击。他钻进林中迷失了方向，与游击队失去联系，加上旧伤复发，不知道什么时候就晕倒了。

“当年，我奶奶李桂花就是在这里发现了昏迷的陈毅。”6 月

15 日，在江西信丰县油山镇老屋下村，朱定生指着村旁竹林内的一小块空地说。

“我奶奶上山砍柴经过时，看见一个人倒在地上，还受了伤。就赶紧返回村里找人把他抬回了家，藏到阁楼上养伤。”朱定生说。“当时大家都叫他‘大老刘’，我奶奶后来才知道自己救的是陈毅。”

“刘高佬”“大老刘”都是陈毅的化名，但那时乡亲们甚至很多游击队员并不知道，但他们知道自己冒着危险帮助的是红军游击队。

很多人为此献出了生命，朱乙妹就是其中之一。

1935 年 5 月，项英、陈毅派油山游击队队长李绍炳率两名队员去信丰油山上乐村召开反“清剿”斗争会议。这天黄昏时分，李绍炳一行正在村里开会，反动地主林新球带敌人悄悄包围了会场……

“那时，朱乙妹正背着一个 3 岁的小女孩，去后山挑水浇菜。突然发现了敌人，她就把水桶一丢，转身往回跑，大喊：‘白狗子来了！白狗子来了！’正在开会的游击队员听到喊声，果断从屋后门撤出上山了。”江西信丰县委党史办主任庄春贤说。

“随后，林新球就将全村人集中在村前的草坪上，威逼大家交出通‘匪’的人。敌人立即用刺刀指着朱乙妹问：你这‘土匪’婆把‘土匪’藏到哪里去了？‘你们才是杀人放火的土匪！游击队是好人，你们休想抓到他们！’朱乙妹义正词严地反驳。”庄春贤继续介绍，“敌人恼羞成怒，就把朱乙妹杀害了。”

“我外婆背着的那个小女孩就是我母亲，长大后她堂哥和乡亲们就给她讲外婆的故事。我长大后，母亲就讲给我听。”朱乙妹的外孙陈继感说，“你看现在的生活，表明我外婆的血没有白流。”

“靠人民，支援永不忘。他是重生亲父母，我是斗争好儿郎，革命强中强。”从1934年秋到1937年秋，赣粤边3年游击战争期间，红军游击队与人民群众血浓于水的深情，在陈毅的《赣南游击词》中表现得淋漓尽致。

“赣粤边人民群众之所以坚定地支持红军游击队，是因为早在创建苏区时，红军就打土豪、分田地，建立苏维埃政权，使人民群众翻身当了主人。他们深深懂得，红军游击队的艰苦斗争，是为了人民群众。”庄春贤说。

1937年，全面抗日战争爆发后，赣粤边红军游击队走出油山一带的石洞，编入新四军，为民族存亡，奔赴了抗日前线。

（来源：《光明日报》）

瑶安乡田心村小组长李六旺讲述红军在连州的故事

2019年6月21日，“记者再走长征路”采访团来到广东省连州市冯达飞故居纪念馆采访冯达飞生平事迹。

湘粤桂三省交界地带的连州曾留下多支红军队伍战斗过的足迹，这里更走出过战斗英雄——这里是我党历史上第一批学习飞行的党员，我党我军自己培养的第一位驾机远航红军战斗机飞行员冯达飞的老家。

冯达飞将军早年毕业于黄埔一期，1924年底加入中国共产党，曾被广东革命政府和党组织选派到苏联莫斯科航空学校、苏联红军步兵学校深造，回国后先后参加广州起义、百色起义。

在冯达飞故居，冯达飞养女冯伟贞的女婿乔国华告诉记者，百色起义之后，红七军在军长张云逸、政委邓小平的率领下前往井冈山，曾途经冯达飞的故乡连州东陂镇。

4. 广东的红色景点

南雄黄木岭遗址

官门楼村有一处地势平坦、占地面积约 240 亩的“黄木岭”。20 世纪 30 年代，这里树木茂密、古树参天，紧邻桥渡安墟，一条古道直通界址，与江西相连。这里有“红四军黄木岭脱险地”的石碑。当年，红军长征部队进入南雄后都陆续在此休整宿营，“黄木岭茶水站”也应时而生。而赵行山的爷爷赵广佬古，当年在奶奶家中疗伤后无法继续长征，从此便留了下来。

早在 1929 年 1 月 25 日，毛泽东、朱德曾率领红四军，在这里与南雄县委召开群众大会，号召群众起来打土豪、分田地，参加革命。彼时，被县委派出去侦察的游击队干部钟蛟蟠得知，有两路粤敌军正欲对红四军进行围合，遂将这一重要情报与县委领导一起向毛泽东、朱德报告。红四军由此连夜由官门楼出发、经界址向江西信丰转移，甩开了敌军的合围，转危为安，也让这里成为著名的“红四军黄木岭脱险地”。

1934 年 10 月 26 日，红军长征部队经过黄木岭，在此休整并宿营。南雄市史志办干部李君祥向记者解释说，红军之所以选在此地，“一是当时这里的群众基础很好，非常拥护共产党和红军；二是黄木岭树木茂盛，有利于部队隐蔽和防止国民党粤军飞机的侦察，且不会打扰老百姓；三是黄木岭西南方向有浈江河为屏障，进可攻、退可守，有利于部队的安全”。

红色文化是历史留给后人的珍贵遗产，也是官门楼村军民鱼水情的见证。如今，官门楼红色印迹保护和开发工作得到各级党委和政府高度重视，形成了黄木岭红四军脱险地、黄木岭红军长征古道和会议旧址、老寨俚岭红军长征战场遗址、浈江河边士兵遗骸遗址等四大红色遗迹遗址。

老寨俚岭红军长征战场遗址还保存有比较完整的战壕、弹药堆放地、观察地和红军当时用过的水井。村民们还在曾经的战壕里挖出了大量的子弹壳。在离战场不到 200 米处还有大量的遗骸，村民在浈江河边挖砂地也挖出了大量的手榴弹。黄传祖向记者透露，官门楼村 2019 年修建一座纪念博物馆，“那些文物都会放进去，以便更好地保存下来”。

铜鼓岭红军烈士纪念园

铜鼓岭红军烈士纪念园是仁化县为纪念红军入粤后发生的一次惨烈战斗——铜鼓岭阻击战而修建的。1934 年 10 月底至 11 月上旬，长征红军过境粤北仁化县，红军各部相继在仁化县长江、城口、红山等镇转战，国民党军队试图把湘粤两省交界处的仁化县城口建成第二道封锁线南端的中心据点，以“围剿”红军。双方激战持续两天一夜，红军以牺牲 100 多名指战员的代价，粉碎敌军增援城口的企图，并突破了国民党军队设置的第二道封锁线，为确保红军主力继续前进创造了条件。

仁化县坚持传承红色基因、唱响红色主旋律，加大红色资源

保护和活化利用，把铜鼓岭阻击战遗址作为爱国主义教育、国防教育场所，在原来纪念碑的基础上实施铜鼓岭红军烈士纪念园项目建设。

铜鼓岭红军烈士纪念园落成后，仁化县积极推进铜鼓岭红军烈士纪念园申报全省爱国主义教育基地和全省国防教育基地，积极组织党员干部、青少年以及市民、游客等，前往铜鼓岭红军烈士纪念碑瞻仰，缅怀红军战士，重温入党誓词，重走长征路等丰富多彩的活动，充分发挥铜鼓岭红军烈士纪念园的国防教育、红色教育作用，引导广大市民传承红色基因、继承革命文化，促进全民国防教育深入开展，鼓励全县干部群众以新担当新作为推动仁化创建全国县级文明城市以及开创仁化改革发展新局面。

正 龙 街

正龙街也称正隆街、火烧街，位于城口镇墟，为红军在城口的露宿地之一。街口有古秦城，在 1982 年 3 月被公布为第一批县级文物重点保护单位。

1932 年，红三军团转战到城口时，红军指战员在正龙街露宿。1934 年 11 月初，长征红军占领城口后，对群众秋毫无犯，纪律严明，宁露宿街头也不占民居。据悉，当时老百姓看到红军露宿街头，纷纷把自家的稻草、门板等提供给红军使用。到第二天离去时，战士们把稻草捆好，门板洗干净再还给老百姓。这体现了当年红军与仁化县城口镇人民群众生死相依的革命情感。

正龙街与红军长征相关的部分旧址原房屋已翻新，现为民居地，仁化县人民政府在部分旧址设立标示牌，以示纪念。

湖　南

1. 湖南郴州：兵家必争之地，文人毓秀之所

郴州具有悠久的历史。“郴”字独属郴州，最早见于秦朝，郴州有文字可考的历史，已有两千余年。自秦代以来，一直为郡、州、府、县的治所。

郴州拥有独特的区位优势。郴州市位于湖南省东南部，地处南岭山脉与罗霄山脉交错、长江水系与珠江水系分流的地带。“北瞻衡岳之秀，南直五岭之冲”，自古以来为中原通往华南沿海的咽喉。既是“兵家必争之地”，又是“文人毓秀之所”。东界江西赣州，南邻广东韶关，西接湖南永州，北连湖南衡阳、株洲，素称湖南的南大门。

郴州市现辖两区（北湖、苏仙）、一市（资兴）、八县（桂阳、永兴、宜章、嘉禾、临武、汝城、安仁、桂东）。总面积 1.94 万平方公里，2018 年末，全市常住人口 474.5 万人。郴州市城区是全市政治、经济、文化和教育中心。1959年11月，析郴县之郴州镇为地辖郴州市。1963年改为郴州镇。1977年恢复县级市。1995年设立地级市。

郴州交通便利，四通八达。京广铁路、京广高速铁路、京珠高速公路、厦蓉高速公路、107国道、106国道、省道1806线、1803线和郴资桂高等级公路等纵横境内。北上长沙，南下广州，可以朝发午至。人流物流畅通无阻。

郴州是邓中夏、黄克诚、曾中生的故乡，是我国历史文化名城，是湘南起义所在地，是中国女排“五连冠”的腾飞地，拥有丰富多彩的历史主文化遗迹和东江湖、苏仙岭、万华岩、莽山国家森林公园等名胜风光，是旅游观光的胜地。

郴州素有“竹木之乡”和“有色金属之乡”的美誉。香菇、

记者们在湖南桂东县寨前镇采访。

方竹、相思鸟、玲珑茶、东江鱼、临武鸭、龙须草席驰名全国。矿产资源丰富，仅钨的储量就超过了美俄两国。

2. 有一条被子，也要剪下半条给老百姓

“有一条被子，也要剪下半条给老百姓”

本报记者 潘旭涛

一块门板，让百姓知道了红军纪律严明；半条被子，让一位老人对红军挂念终生——红军长征时，3 支队伍经过湖南，宣传革命思想，撒播革命火种。

6 月 26 日至 30 日，记者来到湖南再走长征路，聆听红色故事，感受军民鱼水情深。

红军是靠纪律吃饭的

湖南桂东县寨前镇，青山环抱，楼房密布。沿着沤江走，绕过几栋楼，路突然变窄了，再往前走几步，出现在记者面前的是两栋低矮的老房子。

寨前镇党委书记方会康走上前，轻轻卸下一块门板，再慢慢安上。他说：“红军当年就是这样‘上门板’。”说到“上门板”，77 岁的黄维忠向记者讲述了岳父讲给他的故事。

1934 年 8 月，红六军团作为长征先遣队，在寨前河滩上誓师，奉命西征。红六军团所部 9700 多人，在寨前镇住了 3 天。

就是这短短 3 天，让百姓终身难忘。

红军战士不进百姓家，夜晚就坐在墙根，靠着墙睡。伤病员需要躺着睡，战士们就向百姓借门板，放在地上当床。“门板用完后，战士们再把它安回去，这就是‘上门板’。”黄维忠说，“这件事让老百姓知道了，红军纪律严明。”

“上门板”这条纪律的背后，也有一段故事。

6 月 26 日，记者来到桂东县沙田镇第一军规广场。阳光照射在一座灰色清代建筑上，牌坊上刻着闪亮的金色大字——“万寿宫”。

1928 年 4 月 2 日深夜，毛泽东就住在这里。此时，他夜不能寐，因为秋收起义后，部队里出现了一些不良现象。昏黄的油灯下，毛泽东挥毫疾书，写下了“三大纪律六项注意”。“六项注意”的第一条就是“上门板”。后来，“六项注意”变为“八项注意”。

在“六项注意”中，“上门板”最初叫“还门板”。“还”，归还就可以，但如果还的和借的不是同一家，门板就可能安不上。所以，“还”就改成了“上”。

在桂东县纪律文化中心的一面墙上，记者留意到朱德的一句话：“长征时我们就是靠纪律吃饭的。”严明的纪律加深了红军与群众的血肉联系。

再困难也不忘老百姓

湖南汝城县文明瑶族乡沙洲村村口，有一座石拱桥。如果 20 多年前来到这里，很可能会看到一个佝偻的身影坐在桥边，向村外张望。她叫徐解秀，她的故事感动了无数人。

2016年10月21日，在纪念红军长征胜利80周年大会上，习近平总书记提到“半条被子”的故事：“在湖南汝城县沙洲村，3名女红军借宿徐解秀老人家中，临走时，把自己仅有的一床被子剪下一半给老人留下了。老人说，什么是共产党？共产党就是自己有一条被子，也要剪下半条给老百姓的人。”

沙洲村有个“半条被子的温暖”专题陈列馆，讲解员朱淑华是徐解秀老人的曾孙女。“一位女红军曾拉着我曾祖母的手讲：‘等革命胜利了，我们还回来看你。’于是，曾祖母经常拎着一个小板凳，坐到村口的桥边，等待3位女红军回来。”朱淑华说。

20世纪80年代，“半条被子”的故事流传开来，全国各地开展了寻找3位女红军的活动。“遗憾的是，至今没能找到，她们很可能在战争中牺牲了。”说到这里，朱淑华哽咽了，“1991年，

汝城县沙洲村广场上的“半条被子”雕塑。

我曾祖母去世了，最终也没能与她们再见一面。”

故事主人公虽已远去，但故事的精神从未离开。在陈列馆采访的2个小时里，记者遇到了一批又一批参观者，他们手持党旗，在展柜前围了一圈又一圈。

人民的军队人民拥护

红军关爱百姓，百姓也拥护红军。在湖南道县四马桥镇富足湾村，记者见到了村民周玉生，他的祖父和父亲当年给红34师师长陈树湘送过吃的。

1934年10月，中央主力红军开始长征。陈树湘率红34师担任全军总后卫，掩护中央机关和红军主力连续突破了国民党军队3道封锁线。中央红军主力渡过湘江后，红34师被敌人阻隔于湘江东岸，陷入重围。陈树湘率部转战湘南，不幸中弹，右腹部受重伤，肠子都流了出来。

在讲述“半条被子”的故事时，朱淑华禁不住哽咽了起来。

陈树湘分析，敌人还会组织更大反扑，于是命令部队到九嶷山一带打游击战，自己则留下来掩护。陈树湘把富足湾村后的馒头岭作为掩护阵地。

在馒头岭的洞穴中，周玉生指着一处平地说：“陈树湘师长就住在这里。

每天晚上，我祖父和父亲从上面的洞口爬进来，给他送红薯干，那时候只有红薯吃。”

在后来的激战中，陈树湘弹尽被俘。在被押往长沙途中，他乘敌不备，绞断肠子，壮烈牺牲，年仅29岁。

周玉生说：“红军的故事我们会一代一代讲下去。”

蔡绍华家也代代传颂红军故事。6月29日，站在道县上关乡水南村潇水河边，蔡绍华向记者还原了85年前的一幕。

1934年11月17日傍晚，红一军团2师4团日夜兼程，赶到与道县县城一水之隔的水南村。但地方保安团拆除了浮桥，红军无法渡河。18日清晨，蔡绍华的爷爷、时年21岁的蔡如燕与其他5位村民一起，冒着生命危险跳入寒冷的河水中，帮红军将浮桥从西岸撑到东岸，使红军顺利过河。“我爷爷知道，红军是保护穷人的队伍，是人民的军队。”蔡绍华说。

（《人民日报海外版》2019年7月1日第2版）

3. 郴州的长征故事

“一张借据”的故事

1934年11月6日，红军长征先遣部队到达郴州市汝城县延寿瑶族乡时，当地瑶民难明真相，不知是红军还是白军。闻讯之后，急忙赶着鸡鸭牛猪，扛着稻谷，向偏僻无人的山谷逃去。

为了消除群众疑虑，红军在村宗祠、学校旁自扎草棚，并严令各连队不得在农户家借宿，更不得私拿农户的一钱一物。瑶民开始慢慢了解了红军部队，东躲西藏的群众也陆续回到瑶寨里。

当地有一位名叫胡四德的善人，几天来一直在关注着红军。胡四德与中国工农红军第三军团司务长叶祖令有过短暂接触，当得知红军严重缺粮，有的红军战士甚至几天几夜没进食后，胡四德心里很难受，他当天晚上便召来族人，一同商讨如何帮助红军筹集粮食。第 2 天下午，在胡四德带领下，从各家各户筹集来的 105 担稻谷、3 头生猪、12 只鸡便送到胡氏祠堂司务长叶祖令手中。一位姓杨的老大娘还特意将自己仅有的高粱、玉米做成糍粑干粮送给红军。

在红军撤出延寿向西转移时，叶祖令在村宗祠旁找到了胡四德，他满脸愧疚地说道："伯伯，现在红军筹款非常困难，一时拿不出钱还清您的损失，报答您的大恩大德。"

汝城县的望军桥。因徐解秀老人在此等待三位红军女战士回来而得名。（潘旭涛摄）

说到这里，叶祖令解开上衣军扣，探手从左胸褡布里拿出一张土纸，对照所收粮食、生猪、鸡的数量，蘸笔写起借据来，之后，又在纸的左下方方方正正地盖上自己的印章，然后将借据郑重交给胡四德，深情而坚定地说："伯伯，深信在不久的将来，全国就会解放，那时候，请您拿上它去找政府兑换吧。虽然这张借据赶不上您对红军恩情的万分之一，但请您相信，红军会永远记住您，党和人民也会永远记住您的！"听到这些话，胡四德不禁眼圈一红，哽咽着说："好、好、好！"

11 月 14 日，国民党军队和保安团气势汹汹地闯入延寿，把官亨村团团围住。匪徒们用枪把老百姓赶到村宗祠内审问，先是百般引诱，后又威胁恫吓，想从中套出口风。刚回来不久的胡四德知道这件事后，赶忙将这张借据装进一个铁烟盒里藏起来，不向外人透露半点风声，甚至连自己的儿子、孙子都没有告知。

一直到 1996 年暮春的一天，胡四德的孙子胡运海在砌新灶时在墙洞中无意中发现了这张借据。消息传开后，立即引起了上级党政军领导的高度重视，汝城县人民政府决定如数兑现红军立下的借据，按时价折款，向胡四德的唯一继承人胡运海归还 1.5 万元人民币。

1997 年 5 月 17 日，一个阳光灿烂的日子，中共汝城县委、县人民政府、县人民武装部在官亨村举行隆重的"中国工农红军第三军团长征途经汝城借据兑现仪式"。胡运海接过兑现款，感到沉甸甸的，将其中的 1 万元捐献给村里新建学校。

（本故事由中共湖南省委宣传部、中共湖南省委党史研究院提供）

红军睡门板

讲述人　黄维忠

1934年，红六军团在桂东县寨前圩的河滩上召开了西征誓师大会。转战多日，疲惫的红军战士在寨前圩得以休整几天。那时我岳父陈祥文还是个孩子，让岳父感到惊奇的是，红六军团睡觉不肯到百姓家里，而是睡在屋檐下。在征得百姓同意后，他们拆下门板铺在地上，睡门板过夜。早晨起来，又把门板原封不动装回去。

红军开饭的时候，我岳父就站在旁边，红军战士很和蔼，向我岳父招手说："小弟弟，来，吃猪肉。"有的战士很年轻，个头上比我岳父高不了多少，他们自己不舍得吃的猪肉，分给老百姓吃。

我常常给来这里参观的人讲解这段历史，我们要把红军的故事、红军的精神，一代一代传下去。

4. 郴州的红色景点

"半条被子的温暖"专题陈列馆

"半条被子的温暖"专题陈列馆位于郴州市汝城县文明瑶族乡沙洲村，建成于2017年11月，占地面积1200平方米，建筑面积2600平方米，展厅面积2200平方米，为两层湘南民居式建筑。该馆主要展示习近平总书记在纪念红军长征胜利80周年大

汝城县“半条被子的温暖”送戏下乡文艺演出。（潘旭涛摄）

会上讲述的“半条被子”故事的视频、讲话摘要、发生场景以及沙洲人民传承长征精神、砥砺前行建设幸福沙洲等内容。

“半条被子的温暖”专题陈列馆是湖南省国防教育基地、党性教育基地、爱国主义教育基地，2019 年入选第三批全国关心下一代党史国史教育基地。目前，沙洲村正在全力打造全国知名红色旅游景点。

第一军规广场

郴州市桂东县是第一军规“三大纪律六项注意”颁布地。1928 年，毛泽东率领工农革命军进驻桂东县沙田镇，正式颁布了我国人民军队最早的治军纲领“三大纪律六项注意”，后来发

桂东县的“第一军规广场”。（潘旭涛摄）

展为“三大纪律八项注意”，成为生动体现人民军队宗旨和党性要求的“第一军规”。

为继承和发扬“三大纪律六项注意”的革命精神，桂东县委、县政府筹资 2000 万元，在毛泽东当年颁布“三大纪律六项注意”的旧址沙田镇新建了第一军规广场，对革命史迹、文物、景点进行了保护、修缮。广场于 2008 年竣工，以“三大纪律六项注意”纪念碑、体现“第一军规”颁布时代背景的大型浮雕，以及毛泽东当年曾居住过的万寿宫、经常上台进行演说的沙田戏台等为主要景观。如今，第一军规广场已成为开展爱国主义教育、革命传统教育和发展红色旅游的重要场所，来此参观学习的人络绎不绝，并被评为“百姓喜爱的湖南百景”、湖南省重点红色旅游景区。

中国（桂东）纪律文化中心专题陈列《铁一般的纪律》

中国（桂东）纪律文化中心专题陈列《铁一般的纪律》位于桂东县沙田镇，是目前全国唯一以“纪律文化”为主题的陈列展，2018 年 12 月正式对外开放。

《铁一般的纪律》专题陈列展布展以时间为线索，集中展现了中国共产党和中华人民共和国纪律、规矩的发展历程，共分为“保证革命事业取得胜利”“奠定建设事业牢固根基”“保障改革开放顺利进行”“复兴之路·全面从严治党”四大部分，通过图文展板、模型陈列、多媒体演示等形式，融入声光电技术进行布展，从革命、建设、改革不同时期介绍党纪发挥的重要作用。

记者潘旭涛（前排左一）在湖南桂东县纪律文化中心参观采访。

广　西

1. 广西：湘江战役的发生地

1934 年的初冬，从中央苏区突围而出的中央红军，跨过湘桂边境，由湘南入桂北。当年 11 月 27 日至 12 月 1 日，历时 5 天的湘江战役在全州、兴安和灌阳 3 县展开，经过新圩阻击战、觉山铺阻击战、光华铺阻击战三大阻击战，以损失过半的惨重代价，从全州、兴安间渡过湘江，突破了国民党军队的第四道封锁线，粉碎了蒋介石围歼中央红军于湘江以东的图谋，保存了中央红军和中央机关，赢得了战略上的胜利。红军在桂林的浴血奋战为实现中国革命的伟大转折奠定了重要基础，以湘江战役为代表的红色文化成为桂林历史文化的核心形态之一，并成为桂林前行的力量。

兴安县隶属于广西壮族自治区桂林市，是湘江、漓江二水的发源地。1934 年，中央红军在这里打响了长征以来的第一大战

役——湘江战役。在322国道旁，位于兴安城北，距界首渡口5公里的地方并排着“红军突破湘江光华铺阻击战旧址”和“长征湘江之战光华铺阻击战红军烈士之墓”。据史料记载，光华铺的北面是开阔的水田，另三面是起伏的山丘。占据它可北控界首镇及湘江渡口，南制兴安县城，东观湘江，西进越城岭。而界首渡口是红军中央纵队的过江地点，它的安危关系着党中央的命运，光华铺战役至关重要。光华铺阻击战，红三军团挡住了桂军4个团的进攻，以牺牲近1000人的代价，完成了保护界首渡口安全、阻击桂军北上会合湘军封锁湘江的艰巨任务。

灌阳县，广西壮族自治区桂林市辖县，位于广西桂林东北部，总面积1837平方千米。1934年底，中央红军长征进入灌阳县，为确保中央纵队及后续部队安全渡过湘江，红三军团红五师、红六师、红五军团红三十四师先后投入灌阳新圩阻击战，浴

桂林大坪渡口。

血奋战，伤亡惨烈。其间，红军设立在新圩镇和睦村下立湾祠堂的战地救护所里的100多名红军重伤员因来不及转移，被敌人投入酒海井中全部壮烈牺牲。

全州县，位于广西壮族自治区桂林市，以历史文化悠久，地处湘江上游，总人口82万，是桂林市行政区规划面积最大、人口最多的县，是桂林市域副中心城市，又是桂北湘南的物资集散中心，是“中国金槐之乡”。全州是红军长征突破湘江的主战场，拥有丰富的红色文化资源。全州湘江战役，红军途径全州遭到国民党30万军队组成的第四道封锁线的围困，为冲破封锁线，红军8万人抢渡湘江。如果没有湘江战役的惨痛教训，就没有遵义会议的胜利召开。因此，全州这片红色的土地上留下的红色回忆弥足珍贵。

2. 不能忘却的纪念

不能忘却的纪念

本报记者　叶子　图 / 文

从福建省龙岩市长汀县，到广西壮族自治区桂林市兴安县，要走多远呢？

7月1日，长汀南山镇红军烈士后代蔡伟月转乘汽车和飞机，用时6小时。85年前，他的曾祖父蔡开铭跟着红军，靠着双脚走了近两个月，在湘江战役中献出宝贵生命。在当年红军经过的界首渡口，蔡伟月取走一瓶湘江水，准备带回老家曾祖父的衣冠家前。他说：今后一定把红军长征的故事讲给更多人听。

这是不能忘却的纪念！1934 年底，在长征经过广西的前后 19 天时间里，发生了关系中央红军生死存亡的关键一战——湘江战役。红军以重大代价，打破蒋介石企图将红军消灭在湘江的美梦，保存了红军中央领导机关和中央红军主力。正是经此一役，红军突破了国民党第四道封锁线，一步步走向胜利。

近日，记者再走长征路来到广西桂林，辗转兴安、全州、灌阳三县，于 85 年后，感受这场红军长征中最壮烈的一战，也铭记这份不能忘却的纪念。

一道天然屏障，也是唯一的活路

7 月 2 日，记者来到位于全州县凤凰镇建安司村的凤凰嘴渡口，这里是建江和湘江的交汇处，因形状似一只凤凰嘴而得名。只见江面有百余米宽，江水悠悠向北流去。如今，附近的村民们使用铁船渡江，凭着摆渡人拉动铁索，人们不到 4 分钟就可到达对岸，很难想象 85 年前红军抢渡湘江时惊心动魄的场面。

1934 年 12 月 1 日，屏山、大坪、界首等渡口或浮桥被炸或失守，凤凰嘴是红军抢渡距离最近且可以涉渡的地方，因此成为湘江以东红军各部抢渡的最后一个渡口。南、北、东面都是围追的敌军，红军必须渡过湘江、向西挺近。这百米宽的江面，是一道天然屏障，也是唯一的活路。

桂林市党史专家黄利明介绍说："1934 年 12 月 1 日午后，红八军团陆续来到凤凰嘴湘江东岸，他们是从渡口上游 100 米处至建安司村五六百米之间的江段涉水抢渡的。正值枯水期，水深在胸腹部以下，没有架浮桥。"一旁的村民补充道："当时下白霜咧，江水刺骨，冷得很。”

湘江战役后，中央红军由长征出发时的 8.6 万余人，锐减至 3 万余人。亲历过长征的诗人陈靖有诗：“血染十里溪，三年不食湘江鱼，尸体遍江底。”正是因此，当地流传下“三年不饮湘江水，十年不食湘江鱼”的说法。

“我要把红色故事讲好，把长征精神传承下去”

“红军不怕远征难，万水千山只等闲……”在凤凰嘴渡口以东约 1 公里的凤凰和平红军小学，五年级二班的同学们正在朗诵《七律 · 长征》。另一间教室里，老师正在讲授湘江战役的历史，孩子们听得入迷。

这是这所学校的特色红色教育课。据校长罗荣云介绍，学校重视红色教育，用一间 120 平方米的教室布置了湘江战役革命史展室，结合本地红色文化和传统，编写红色教育校本课程，举办红色歌曲演唱大赛、红色故事会、红色童谣编辑、清明节祭扫等活动，让学生在实践中品味、传承长征精神。

同样致力于传承长征精神的，还有兴安县红军

桂林界首渡口。

长征突破湘江烈士纪念碑园馆长尹汤怀。从1998年起，尹汤怀开始担任馆里的讲解员。接受记者采访时，尹汤怀表示，20多年来感到很欣慰，常常有客人了解了红军长征和湘江战役的故事后感动落泪。有一次，一位80多岁的老人家，故事听得投入，不休息，一口气参观完整个展馆。馆里做红色文化进校园活动，孩子们一节本来40分钟的课，往往延长到2个小时。

“上一任馆长曾经拍着我的肩膀，对我嘱托，”尹汤怀说，“接过接力棒，把红色故事讲好，把长征精神传承下去。”

再次回望红军长征突破湘江烈士纪念碑园，狮子山顶，3支步枪造型的纪念碑直插云霄，南侧的湘江战役纪念馆像一顶红军八角帽，和流淌不息的湘江水一样，诉说着无声的纪念。

（《人民日报海外版》2019年7月8日第2版）

桂林红军堂。

3. 广西的长征故事

救命恩人王桂清

民国二十三年（1934），红军战士曾广贵因跌断脚掉队了，连长把他交给水车村翟三二和翟顺发俩人照顾，给了他们两块光洋。后来钱用光了，他们无力再照顾曾广贵。我很同情这位十六七岁的小红军，自己虽然也很穷，但我决心要救他。于是我叫自己的徒弟翟太全把曾广贵背到我家里。

一星期后，村长发现了曾广贵，天天带人来搜查，把曾抓去了。村长还逼我交出曾广贵的手枪来，问了我两三夜，我始终不承认有什么枪。后来村长把曾广贵押到乡公所关了十多天。副乡长翟畅文来威胁我说，你要是不交出枪来，就把曾广贵枪毙。我回答说："枪没有，要枪毙就连我一起枪毙，先把我枪毙好了。"乡公所见威胁不成，就罚我 9 块光洋作为曾广贵的伙食费。罚款通知是乡警蒋超权送来的。

后来，乡公所要把曾广贵送到外县去。我想，曾广贵的脚还未好，送到外县去必定是死。我告诉蒋超权，他送到半路后就让我接回来。我叫徒弟翟太全将曾广贵悄悄地背回来藏到我家牛栏上面。直到第二年 3 月，曾广贵的脚好些了，我才把他转移到邻居翟佑春后面的小屋里，又治疗了几个月。到 12 月，乡政府对红军的搜查松缓些了，我就叫曾广贵写封信回家去探问一下消息，看能否与家里取得联系。后来，他家里来了信。他父亲亲自来接他。遗憾的是，他走的时候我不在家，到大田村做木工去了，没能亲自送他。

解放后，曾广贵一直在打听我的消息，直到 1971 年才找到我的地址，和我通了信。从这以后，他每年春节前总要给我寄些钱来，至今总共寄了 320 多元。还写了许多感谢信，称我是他的救命恩人。

（摘自《红军在灌阳·王桂清谈话记录》）

蒋石林一家五代守护红军烈士墓 85 年

75 岁的蒋石林头发花白，皮肤黝黑，个子不高但神采奕奕。在青山环抱的米花山红军烈士墓，这位广西桂林市全州县才湾镇才湾村的村民，向寻访至此的新华社记者讲述了一段祖孙五代守墓的故事。

米花山是湘江战役脚山铺阻击战的重要阵地。1934 年 11 月下旬，红军来到才湾村驻扎。蒋石林说，父亲回忆，红军战士不扰民，用到群众的粮食和柴火时一律按市价付钱，与军阀部队形成鲜明对比。11 月 30 日，脚山铺阻击战打响后，村民们自发组织起来给红军送饭、送水和带路。

湘江战役是中央红军长征以来最壮烈的战斗。在脚山铺的激烈战斗中，红一军团一师、二师伤亡 2000 多人。

战斗结束后，蒋石林的爷爷蒋忠太带着 12 岁的蒋受宇去距离自家老宅三四里路远的米花山砍柴。在乱树丛中，父子俩发现了 7 具红军遗体。

“父亲说，虽然当时有些害怕，但是一想到红军是为了老百姓才牺牲的，他们就觉得不能不管，于是把 7 位红军烈士的遗体一起掩埋了。”蒋石林说。就这样，这片树林中多了一座微隆的小土包，7 位红军的英灵在此长眠。

因为这件事情，蒋石林的爷爷被桂军关进大牢，被罚钱罚谷子。出狱后没多久，爷爷就去世了。去世以前，他特地交代，红军为人们做出了这么多牺牲，一定要世世代代保护好这座红军墓。

按照桂北的风俗，蒋石林的父亲每年清明和春节带着家人来扫墓。这既是纪念 7 位牺牲的红军，也是完成老人留下的嘱托。

“爷爷掩埋牺牲红军的故事，我听父亲讲了很多遍。”蒋石林说，“父亲告诉我，红军替我们打江山、过上好日子，一定要记住他们。”

父亲去世后，蒋石林又把这个故事讲给子女、孙辈听。和父亲当年一样，蒋石林每年清明和春节带着孩子们来扫墓。平时，他也会过来看一看，做些除草和培土的工作。

他说，曾经有人想在这块土地上种果树，他立即劝阻，把这一方小土包给保护了下来。

后来，这座红军烈士墓被县里重新修缮。宽阔的石头步道和两旁的翠柏使红军墓更加庄严肃穆。墓碑上的红星在青山的映

桂林酒海井红军烈士殉难处。

衬下亮得耀眼。蒋石林欣慰地说：“现在，人们来了，就有地方凭吊烈士了。”

他告诉记者，墓前空地大约9米宽，“取的是‘长久’的意思！”

（摘自：新华社南宁7月2日电，记者：黄可欣、朱超、黄浩铭）

4. 广西的红色景点

灌阳县酒海井红军长征烈士纪念园

80多年前发生在广西桂林市灌阳县境内的新圩阻击战，是湘江战役三大阻击战的第一仗。80多年过去了，红色遗迹遗址和感人至深的革命事迹，仍在述说着红军在灌阳浴血奋战的悲壮史诗。

酒海井红军长征烈士纪念园位于新圩镇和睦村下立湾屯北约500米处，距灌阳县城18公里。“井”天然形成，如盛酒容器，井口宽约2米，上小下大，下有一条地下暗河相通，深不见底，因其形，取名酒海井。1934年11月，新圩阻击战时，由于战斗形势紧迫，红五师撤防时，来不及将设在新圩下立湾临时救护所里的100多重伤员转移，被敌人残忍地丢入酒海井，全部壮烈牺牲。2003年，灌阳县委、县人民政府开始筹资修建红军烈士纪念碑，在酒海井前立“红军烈士殉难处”石碑；2004年10月竣工并向群众开放。2006年，作为湘江战役革命遗址系列被确定为国家级文物保护单位。现成为爱国主义教育基地、革命传统教育基地、廉政教育基地和灌阳县党员干部教育培训基地。

红军长征突破湘江烈士纪念碑园

湘江烈士纪念碑园坐落于兴安县城西南1公里的狮子山，占地8万平方米，由大型群雕、主碑、纪念馆组成。群雕为灰白花岗岩雕琢，长46米，高11米，由四个巨型头像和五组浮雕组成，为全国革命纪念碑园之最，它艺术地再现了当年红军突破第四道封锁线的壮烈情景；主碑高34米，耸立于狮子山顶，上部为三支直插蓝天的步枪造型，象征着“枪杆子里出政权”的真理，下部为圆拱形碑亭。主碑和群雕由一线四折共201级的大型台阶连接，陡峭的台阶寓意着中央红军突破湘江封锁线的曲折过程。纪念馆位于狮子山北山脚，馆内陈列着湘江战役军事模型图，红军长征过广西路线示意图及中央领导人的题词。湘江战役纪念馆为文化旅游景点、红色旅游经典景区、爱国主义教育基地。

桂林雨中重走老山界。

据史料记载，中国工农红军长征，红一方面于1934年11月下旬经过广

西时，突破敌人第四道防线的湘江战役，是长征以来最壮烈的大战役，是决定中央红军生死存亡而付出三万余红军战员生命的惨烈战斗。主要由新圩、脚山铺、光华铺三大阻击战所组成。红军在光华铺伤亡 400 余人，光华铺红军墓安葬的 18 名红军尸骨只是牺牲人员中的一部分。当地群众为缅怀红军烈士，将 18 名烈士合葬在一起，为了纪念伟大的红军长征精神，兴安县委县政府于 1987 年立碑纪念。1996 年 1 月，经聂荣臻元帅提议，国务院批准，在兴安县修建了红军长征突破湘江烈士纪念碑园。1996 年 6 月，国家教委、民政部、文化部、国家文物局、共青团中央及解放军总政治部共同确定碑园为“全国中小学爱国主义教育基地”。1997 年 6 月，中央宣传部将其列为首批“全国百家爱国主义教育示范基地”之一，成为全国重要的革命传统教育基地和旅游观光区。

贵 州

1. 贵州：遵义会议与四渡赤水

1934 年秋，由于“左”倾冒险主义的错误领导，红军第五次反“围剿”战争失败，党中央和红军被迫退出中央革命根据地进行长征。同年 12 月，中央红军突破敌人的四道封锁线后，进入湖南通道县境内。这时，红军伤亡惨重，兵员折损过半。

按照原定计划，中央红军要走湘西，与红二、六军团会合。而蒋介石为阻止中央红军与湘西红军会合，已调重兵在通道以北堵截。如果仍按李德等人的主张实施湘西会兵计划，红军就会走进虎口，很可能招致全军覆灭的危险。在这紧急关头，党中央在通道召开紧急会议，采纳了毛泽东同志的正确主张，放弃湘西会兵计划，改向敌人力量薄弱的贵州进军。于是，中央红军遂由湖南通道进入贵州境内。

中央红军进入贵州后，甩掉强敌，接连打了几个胜仗，士气大振，部队也得到短暂休整。

黔南州瓮安县，位于西南腹地，是国家卫生县城和中国生态魅力县，国家磷化工生态生产基地，素有“亚洲磷仓”的美誉。瓮安是革命老区，红军长征曾四过瓮安，在瓮安召开了彪炳史册的猴场会议，被周恩来同志称为“伟大转折的前夜”。

黔东南州黎平县，贵州省黔东南苗族侗族自治州下辖县，位于贵州省东南部，黔东南州南部，东毗湖南省靖州苗族侗族自治县、通道侗族自治县，南邻广西壮族自治区三江侗族自治县，西连黔东南州榕江县、从江县，北接黔东南州锦屏县、剑河县，是贵州东进两湖、南下两广的桥头堡。

1934 年 12 月 18 日，中央政治局在黎平召开会议，继续讨论红军的进军路线问题。黎平会议后，中央红军按照决议精神，兵分两路，于 1934 年底分别进抵乌江南岸各渡口，准备强渡

贵州黎平会议纪念馆。

乌江。

红军虽然抵达乌江南岸，但处境仍很不利：前有黔军侯之担部重兵布防的乌江天险；后有中央军、湘军、桂军、黔军的追兵。倘若中央红军在乌江南岸耽时太长，敌军就会尾追而至四面合围，陷红军于背水作战的险恶境地。

可是，“左”倾机会主义领导者不同意过乌江，仍主张与湘西红军会合。他们无视已经变化了的敌情，不顾红军面对的险境，不执行黎平会议关于到川黔边建立新苏区的决议，却坚持就在乌江南岸打游击，对付战斗力较弱的黔军和地方民团，待机回兵湘西。

政治局内部的意见分歧，直接影响到即将举行的强渡乌江战役。在此严峻形势面前，党中央政治局不得不于进抵猴场的当天（即1934年12月31日）召开会议，再次讨论红军的战略进军方向问题。经过多数同志的努力，会议作出了《中央政治局关于渡江后新的行动方针的决定》。根据这个决定，红军毅然突破乌江，直捣遵义，迅速扭转了红军的险恶处境，最后完成了中央红军长征初期的重大战略转移。

遵义，位于贵州省北部，黔川渝三省市接合部中心城市，是国家全域旅游示范区。南临贵阳市，北倚重庆市，西接四川省泸州市。处于成渝—黔中经济区走廊的核心区和主廊道，黔渝合作的桥头堡、主阵地和先行区。是西南地区承接南北、连接东西、通江达海的重要交通枢纽。1935年，红军长征在这里转战三个多月，召开了彪炳史册的遵义会议，演绎了四渡赤水出奇兵的经典战例，挥就了《忆秦娥·娄山关》的悲壮名作。这里，是党第一代中央领导集体开始形成的地方，是毛泽东思想开始形成的地方，是党独立自主解决身重大问题开始的地方。

探访“毛泽东小道”

本报记者　卫庶　叶子

7 月 11—12 日，重走长征路期间，在贵州遵义的苟坝村，在泉水汩汩而出的大小龙井之间，我们看到一条田间小道，一个木头指示牌上刻着：“毛泽东小道（新房子至长五间人行步道，全长 1.5 公里）。”

“1935 年，中央红军二渡赤水重占遵义城之后，行军来到我们脚下的这片土地，在这里召开了著名的苟坝会议。我们眼前这

苟坝会议陈列馆中的毛泽东手提马灯雕像。

从这条“毛泽东小道”开始，中国革命从胜利走向胜利。

位于苟坝村的苟坝会议原址。

条蜿蜒小路，就是1935年3月10日深夜，毛主席提着马灯去找周恩来走过的。此行撤销了一次冒险的军事行动，使中央红军避免了可能发生的一次重大损失。有党史专家把它称为‘毛泽东小道’。”苟坝会议陈列馆讲解员杨秀说。

遵义会议确立正确路线

第五次反“围剿”失败，尤其是湘江战役数万将士的鲜血，令红军广大指战员对“左”倾错误的不满和质疑到了顶点。

1935年1月15日至17日，在贵州遵义老城子尹路，一幢二层砖木结构的老式别墅二层，中共中央政治局召开了政治局扩大会议，史称“遵义会议”。

遵义会议纪念馆副馆长张小灵介绍说，会议上，毛泽东作了长篇发言。他批评了博古把第五次反“围剿”失败原因主要归结于敌强我弱的错误观点，比较系统地阐述了适合中国革命战争特点的战略战术和今后军事行动的方向。毛泽东的发言获得了多数与会同志的拥护和支持。

经过3天的激烈讨论，遵义会议作出重要决定，包括：选举毛泽东同志为中央政治局常委；政治局常委再进行适当的分工；取消“三人团”，委托周恩来同志为党内对于指挥军事下最后决心的负责者。

“会议的一系列重大决策，是中国共产党在同共产国际中断联系的情况下独立自主做出的。”张小灵强调说。

“更重要的是，它使毛泽东从此开始了他领导中国革命的伟大历程。”王树增在其著名的长篇报告文学《长征》中这样写道。

遵义会议后，红军或移师北上，或挥师东进，二渡赤水河。

1935年2月25日，再战娄山关。

娄山关，自古就是川黔交通要隘，兵家必争之地。7月11日，记者来到娄山关时，适逢下雨，烟雨蒙蒙。向上望去，东侧是悬崖绝壁，西侧是高山峻岭，中间两座山峰相连，形成一道狭窄的隘口，果真是“一夫当关，万夫莫开”。

红军二战娄山关，重创黔军4个团，取得长征以来的第一个大胜利。小尖山上，保存下来的战壕旁一块大石头上刻着红漆大字“遵义战役 娄山关小尖山战斗遗址”。1935年2月28日，红军再占遵义。

“娄山关战斗与遵义战役的胜利，验证了遵义会议确立的路线的正确性。”遵义市长征学会副会长雷光仁这样总结。遵义战役的胜利，极大地鼓舞了红军士气，连蒋介石也承认“这是国军追击以来的奇耻大辱”。

1935年2月28日傍晚时分，毛泽东随着中央纵队通过了云海苍茫的娄山关进入遵义城。在遵义的天主堂里，头发长长、又瘦又高的毛泽东，两年来第一次出现在中央红军团以上干部会上。

今天，娄山关依然壮美，游客如织，一座铁索“长空桥”横架两山。站在桥上，极目眺望，也许可以体会到毛泽东当年的那首《忆秦娥·娄山关》中的几分诗意。

毛泽东用马灯点亮中国

“全国爱国主义教育示范基地红色圣地苟坝，是毛泽东用马灯点亮中国的地方。”杨秀介绍说。

中央红军二渡赤水再占遵义城之后，并未摆脱国民党几十万大军的围追堵截。1935年3月初，行军来到苟坝村。

苟坝村是播州区枫香镇西北的一个小山村，是一块三面高山环绕的田坝，东有石牛山，西有崖头山和银屏山，北有马鬃岭。海拔都在1300米左右，非常有利于红军隐蔽。苟坝会议就是在这里一个典型黔北风格的三合院召开的。

会议源自1935年3月10日凌晨1点红一军团发来的一封加急电报。电报建议中央红军攻打打鼓新场(今毕节市金沙县县城，离苟坝只有50公里的路程)。接到电报后，在党内负总责的张闻天马上召集主要领导召开专题会议，讨论是否要进攻打鼓新场。

会议从3月10日的早晨一直开到了深夜，争论相当激烈，除毛泽东之外的所有与会领导，都一致赞同进攻打鼓新场。但是，毛泽东坚决反对。他认为，中央红军不应太在意一城一池的得失，打是手段，走才是目的。应立足于走，尽早跳出蒋介石在黔北地区设计的大包围圈。不利于脱身的战斗是不应该考虑的。

虽然分析得详细透彻，毛泽东的意见还是没有得到与会人员的认同。会后，毛泽东回到自己的住所，依然十分担忧红军的前途和命运。

马鬃岭山脚渗出的一道山泉水，形成了大龙井，离大龙井不远处还有一口小龙井。这两口井水汇成一道溪流自北向南流，也就是当地人称的白腊河，形成了非常少见的一泉成一溪的景象。

贵州遵义会议会议室。

苟坝的大小龙井和白

腊河可以做证，1935 年 3 月 10 日深夜，毛泽东手提马灯就是沿着大小龙井之间的田间小道走了近 2 公里山路，冒着严寒去长五间找到了周恩来。

在随后连续两天召开的会议上，周恩来说服大家接受毛泽东的建议，重新制定进军路线。

苟坝会议撤销了进攻打鼓新场的军事决定，避免了中央红军可能遭受的一次重大损失。从苟坝会议开始，毛泽东掌握了红军军事决策权，成功地指挥了一系列战役战斗，红军屡出奇兵，三渡、四渡赤水，终于跳出敌人在川黔边的包围圈。

仁怀市文联原主席穆升凡退休后成为赤水河茅台渡口的一名志愿解说员。他对记者讲起，1960 年，二战名将蒙哥马利访问中国时，盛赞毛泽东指挥的辽沈、淮海、平津三大战役，可以与世界历史上任何伟大的战役相媲美。毛泽东却说：“四渡赤水才

贵州乌江天险。

是我的得意之笔。”

2015年6月16日，习近平总书记参观遵义会议陈列馆时讲道：“毛主席用兵如神！真是运动战的典范”。

“从此，中国革命有了核心，红军有了正确思想的指引。这是长征胜利的保证。”遵义市党史学会副会长申翔十分肯定地说。

可以这么说，正是从“毛泽东小道”开始，中国革命从胜利走向胜利。

（图片由本报记者卫庶拍摄，《人民日报海外版》2019年7月15日第2版）

3. 贵州的长征故事

红军年的故事

红军长征在瓮安过了两个年，一个是阳历年，即1935年元旦，1934年12月31日至次日凌晨在这里召开了被周恩来誉为“伟大转折前夜”的猴场会议；另一个是除夕年，1936年1月23日，农历乙亥年腊月廿九，红二、红六军团长征到达瓮安县城。原本显得特别冷清的街道一下子热闹起来，红军到的那天正赶上过年，红军在街上写标语，宣传抗日主张。他们脸上都是笑眯眯的，像吃过蜜糖一样，见到人就打招呼，他们写的标语是“打富济贫！打倒土豪劣绅！只有苏维埃才能救中国！……”后来就号召大家去武圣宫开群众大会。当时呼啦啦去了好几百人，比办酒

席还热闹。

开大会的时候，先是女红军在台上讲，接着还有几位红军干部也分别讲了话，场面十分热烈，全场掌声不断。后来又请“长官”讲话。有人说“讲话的就是贺龙将军!”大家争相观看。正在讲话的人大约40岁，嘴上留有两撇胡子，身材敦实，神态坚毅，虽然穿的是打补丁的衣服，却显得很威武。

贺龙笑着对大家说：“今天过年，过年就要过得热热闹闹的，开完了会大家不要走，我们杀了几头猪，好好地过个年。”群众听了很高兴，就起劲地鼓掌。

散了会，红军真的支了几口大锅煮肉和大家一起吃，红军和几百名群众一起过年还是头一次，大家吃得很高兴。吃完饭，红军又演了文艺节目，让过年的气氛热热闹闹的。

为了纪念和感谢红军，有的人就把那次过年称为“红军年”。随着红军的声势不断壮大，“红军年”的故事就越传越远。

（瓮安宣传部提供）

红军连长的孤女：今生难相见望来世再做您的女儿

“土匪们杀害父亲后，母亲抱着才出生两个月的我东躲西藏。土匪们最终还是抓住了我们，把母亲五花大绑看押起来。经过审讯，还有乡亲们做证，土匪们看到我是个女娃，才没有对我下毒手。”今年70岁的红军遗孤谢兴荣说，几十年来，她都生活在对一辈子没见过的父亲的无尽想象和思念中。

85年前的中国，国家积贫积弱，民不聊生。抱着建立一个新中国的坚定理想和信念，8万多名平均年龄二十几岁的年轻人，包括谢兴荣的父亲，从江西出发，转战二万五千里，爬雪山，过草地，渡江河，作战660余次，最后到达陕北时，中央红军只剩下7000人左右。

但红军并没有被击溃，反而成为燎原中国革命的火种。共产党领导的人民军队不断发展壮大，最终击垮有数百万精良武装的国民党军队，于1949年建立新中国。

今年是红军长征出发85周年，中国民众再次掀起缅怀红军丰功伟绩的热潮。在红军长征经过的许多地方，包括红色旅游在内的各种缅怀红军的活动方兴未艾。

谢兴荣所了解的父亲，几乎都是从母亲那里听来的。虽然从未见过父亲，也不知道他的模样，但她深爱父亲。她说，父亲留给她的最大财富就是红军精神。

在接受记者专访时，老人回忆说，1950年4月，在她出生两个月前，他的父亲谢斌，一名曾参加过长征、骁勇善战的红军连长，在瓮安县玉山乡副乡长任上，被先降后叛的土匪残酷杀害，年仅38岁。

从公安岗位上退休的谢兴荣说，父亲的事迹影响了她一生。“我父亲对党忠诚，有坚定的革命信念，无惧牺牲，他的精神深深影响了我。”

谢斌是湖南湘乡人，出身于贫苦农民家庭。1930年，18岁的他参加了彭德怀指挥的红三军团。谢斌上过几年学，会说普通话，作战英勇，年仅22岁就升任连长。

1935年1月初，作为红三军团的先头部队，谢斌所在的红十团强渡乌江天险茶山关，向黔北重镇遵义进军。

“我父亲在湘江边长大，擅长游泳。强渡乌江的时候，他作为先遣队队员冲过乌江，在河对岸定桩，引导部队过江。”谢兴荣说。

不幸的是，就在长征快要结束时，谢斌在西康作战中第一次负重伤，被部队留在当地百姓家里养伤。两个月后，等他枪伤初愈时，红军部队已胜利到达陕北，结束了长征。

面对茫茫草地，枪伤尚未痊愈、不会当地语言的谢斌孤身一人，已不可能闯过去。无奈之下，他装扮成乞丐，凭着记忆中来时的路，往遵义方向走，希望找到留下来的部队和战友。

既要躲避国民党军和民团的追捕，还要谋生，谢斌这一路流浪了 5 年多时间才回到遵义，但已找不到红军队伍。他只得继续流浪到瓮安，孤身一人，靠打工和做烤烟生意求生。

贵州遵义红军街。

这种形单影只的生活又过了 5 年，直到 1946 年 9 月，谢斌与玉山乡女子张庭书结婚，继续靠做小生意和务农为生，同时心里默默期待有朝一日能够归队。

1949 年 11 月初，当年的红军已变身人民解放军，回师解放瓮安，谢斌被当地人民政府任命为玉山乡副乡长。

当时共和国成立不

久，西南地区匪患猖獗。谢斌上任后，积极组织剿匪和禁毒工作。他在日记中写道：“组织上委任我当玉山乡副乡长，是对我的信任，一定要努力把工作做好，少出差错，才能对得起组织。”

同时，面对匪患猖獗的形势，谢斌也做好了最坏的准备。他对妻子说：“看这个样子，土匪那么猖狂，可能我没有牺牲在战场上，搞不好要在这里出问题。如果这个娃娃生下来是男的，就叫谢桥，因为为了新中国，红军和解放军走过了那么多桥，我自己也在乌江上搭过桥。如果是女娃，就叫谢兴荣，以后她了解了父亲，会为他感到光荣。”

1950 年 4 月，解放军大部队离开瓮安继续剿匪。对谢斌怀恨在心的部分土豪劣绅和投降后被留用的国民党军政人员趁机发动叛乱，谢斌在战斗中再次受伤，最终不幸被叛匪抓住杀害。

如今，谢斌烈士静静地长眠在瓮安塔坡烈士陵园，他和他的战友们没有被今天的人们忘记。他的妻子自 28 岁守寡，终身未再嫁，在家务农终老，于 93 岁高龄去世。他们的孤女谢兴荣后来从事公安工作，曾被评为优秀警察。

“在我心中，父亲是一个勇敢、高尚的人。今生已难相见，希望来世能再做他的女儿。我也希望把父亲的故事、红军的精神继续传递下去。”

（来源：新华社）

刘纯武：长征中救助红军伤员最多的民主人士

1935 年初，经过激烈的青杠坡战役后，红军途经淋滩离开黔北，途中一些在青杠坡战斗中负伤的战士因伤掉队留在了淋滩。为了保护这些红军战士，当地民主进步人士刘纯武在父亲刘春和及当地百姓的支持下，收留救助了近百名负伤战士。据《新长征路上的浙江人》一书记录考证，刘纯武是长征中救助红军伤员最多的民主人士。

1935年，时为国民党赤水县第七区区长的刘纯武，得知红军部队离开黔北留下的红军伤病员有不少遭到杀害，或因伤病饥饿致死的这一情况后，立即以治安为由，布告管内各地，严禁杀害红军，并着手收留红军伤病员。听到这一消息，远近的红军伤病员先后来到淋滩。

刘纯武之子刘富林说："听父亲说，当时负伤的红军战士，有的是老百姓送来的，也有的是自己来的，甚至有四川古蔺地下党托人送来的，到1936年初有六七十人之多。"

由于需要救助的负伤战士太多，刘纯武同父亲商量后，便将自家的手工业作坊作为救治负伤战士的食宿地。并请来精通医术的、自己的胞叔刘盼元，免费为受伤的红军战士医治。

刘纯武之子刘富林说："当时父亲就给（叔叔）刘盼元打下手，给一些伤病员包扎伤口换药，都是没收钱，免费的。"

在刘纯武的帮助下，一部分负伤痊愈的红军战士返回了原籍或是战场；一部分选择留在了当地，有的进入保商队为赤水河行商护航，并暗中成立了第一个红军地下党组织，有的在此做工经商务农，在刘纯武的帮助下安家就业。

据统计，自1935年起，先后来到淋滩医伤治病的红军达到了100多人，其中有名有姓的红军伤员59人。

（来源：习水头条）

4. 贵州的红色景点

猴场会议遗址

猴场会议会址位于瓮安县猴场镇西1公里的猴场村。1934年12月31日至1935年元月1日，中共中央政治局在此召开扩大会议，即历史上著名的“猴场会议”。会址原为宋氏住宅，建于民国元年（1912年）。四周用青砖砌成墙，高约7米，内有正厅5间，厢房、下厅齐全，石嵌天井，为标准的四合院，俗称“一颗印”房子。墙左侧有碉堡、马房、正厅后面有花园，桶墙右侧竹林掩映，后山古木参天。2009年，猴场会议会址被中宣部列入第四批全国爱国主义教育示范基地。

猴场会议，是中央红军长征进抵乌江南岸时，党中央政治局在贵州瓮安县猴场（原草塘）召开的一次会议。猴场会议在黎平会议的基础上，发展和完善了转兵贵州，进军黔北，创建以遵义为中心的川黔边新根据地的战略方针，从思想上、政治上和军事上，为遵义会议的胜利召开作了进一步的准备。

其一，猴场会议重申了黎平会议精神，再次否定了“左”倾冒险主义领导者再度提出的回兵湘西的错误意见，肯定了毛泽东同志渡江北上创建新苏区的正确主张。其二，猴场会议不仅批判和纠正了“左”倾冒险主义领导者的军事错误，还特别强调了军事指挥权问题。其三，猴场会议确定了以战斗的胜利的姿态迎接川黔边新根据地建立的正确思想，实现了红军在战略上由消极防御向积极防御的转变。其四，猴场会议改正了红军长征以来只限于单纯打仗的错误，重申了红军历来倡导的三大任务。其五，根

据猴场会议精神，红军总政治部于会议结束当日起草并发出的《关于瓦解贵州白军的指示》，是红军进入贵州以来制定的第一个瓦解贵州军阀部队的文件。猴场会议是我党早期历史转折时期的一次重要会议，它所体现出来的实事求是，一切从实际出发的思想路线，过去是我们战胜困难，克敌制胜的法宝，今天仍然是我们搞好工作，加快社会主义现代化建设的强大思想武器。

中央红军强渡乌江江界河战斗遗址

中央红军强渡乌江江界河战斗遗址位于贵州省黔南布依族苗族自治州瓮安县江界河镇，地处乌江中游，是乌江最为险要的河段，以流急、滩多、谷狭而闻名于世，著称“天险”。2009 年国务院公布为第七批国家级风景名胜区。

1934 年底，中央红军长征西入贵州，蒋介石调动湘、桂、云、黔、川四省地方部队杀入贵州，妄图把乌江变成第二条湘江，将中央红军一举歼灭在乌江南岸。

猴场会议作出了迅速强渡乌江的决定。1935 年 1 月 1 日至 6 日，中央红军兵分三路，红三军团为左路，红二师、军委纵队、红五军团为中路，红一军团（缺二师）、红九军团为右路分别从开阳茶山关、瓮安孙家渡和江界河、余庆回龙场成功突破国民党乌江防线，进入贵州遵义地区。至此，中央红军将国民党几十万追兵阻隔在乌江南岸，取得了挺进黔北的关键性胜利。

强渡乌江的胜利，一是使猴场会议作出的决定得到贯彻落实；二是从根本上断了“左”倾错误路线的执行者回头东进湖南的念头；三是为红军主力在遵义休整期间争取到宝贵的时间和空间。

遵义会议会址

1935 年 1 月 15 日至 17 日，中共中央在贵州遵义召开政治局扩大会议。会上，秦邦宪（博古）作关于第五次反“围剿”的总结报告，周恩来就军事问题作副报告，张闻天作了批评“左”倾军事路线的报告（亦称反报告），毛泽东、王稼祥等作了重要发言。遵义会议明确地回答了红军的战略战术方面的是非问题，指出博古、李德军事指挥上的错误，同时改变了中央的领导特别是军事领导，独立自主地解决了党内所面临的最迫切的组织问题和军事问题，结束了“左”倾教条主义在中央的统治，确立了毛泽东在中共中央和红军的领导地位，在极其危急的情况下挽救了党，挽救了红军，挽救了中国革命。从此，中国共产党能够在以毛泽东为代表的马克思主义正确路线领导下，克服重重困难，一

贵州遵义会议会址。

步步地引导中国革命走向胜利。遵义会议是党的历史上一个生死攸关的转折点，它标志着中国共产党在政治上开始走向成熟。

娄山关战斗遗址

1935年1月，中央红军第一次进占遵义，为保卫遵义城和遵义会议的顺利召开，决定由红一军团率部一克娄山关。1月9日，红一军团红四团，在团长耿飚的带领下，顺利攻占了娄山关关口以及桐梓县城，确保了遵义会议的顺利召开。遵义会议以后，决定北渡长江到四川与红四方面军会合，但途经习水土城遭到川军阻截。由于土城战役的失利，1月29日被迫西渡赤水，

贵州娄山关纪念碑。

改向敌兵力薄弱的云南扎西地域集结。蒋介石又调集40万大军迫近扎西。为迅速摆脱，军委决定：回师东进，二渡赤水，重占娄山关，再占遵义城。2月24日，中央红军攻占了关北的桐梓县城。军委决定，由红三军团军团长彭德怀、政委杨尚昆率部二克娄山关。经过25日至26日的激战，在红军“正面攻击、两翼包抄”的沉重打击下，黔军兵败如山倒，仓皇南逃，红军乘胜追击，于2月28日再占遵义城，歼灭和击溃敌军两个师又八个团，取得了长征以来的第一个大胜仗。

苟坝会议会址

1935年3月10日至12日，红军在现遵义市播州区枫香镇苟坝召开了政治局扩大会议，会议成立了周恩来、毛泽东、王稼祥组成的中央新三人团（亦称“三人军事小组”），代表中央政治局全权指挥军事，进一步确立和巩固了毛泽东在党中央和红军中的领导地位。苟坝会议是遵义会议的继续，为遵义会议的议题画上了圆满句号。此次会议，一是取消了进攻打鼓新场（今金沙县城）的冒险军事行动，避免了红军的再次重大损失；二是成立了三人军事领导小组（新三人团），毛泽东进入了党和红军的领导核心。中共党史界一致认为苟坝会议是遵义会议的继续和完善，是四渡赤水的关键点，重新确立了毛泽东在党和红军中的领导地位。苟坝会议成就了毛泽东、周恩来、王稼祥“新三人团”，使毛泽东重新执掌了中国工农红军的最高领导权和指挥权，完成了遵义会议改组党中央特别是军事领导机构的任务，进一步确立和巩固了毛泽东在党中央和红军中的领导地位。

贵州苟坝毛泽东小道。

鲁班场战斗遗址

1935 年 3 月 15 日，中央红军以主要兵力从鲁班场东南北方向向固守在鲁班场的国民党中央军周浑元所率的一个纵队（三个师）发起进攻，战斗从早上开始一直打到 15 日晚上，各路红军才奉命撤出战场，往仁怀县城、茅台方向转移，陆续集结在茅台一带，于 3 月 16 日午后开始在茅台三渡赤水。敌我双方在这场战斗中都有较大伤亡，史称“鲁班场战斗”。鲁班场战斗是战略上的一场大胜仗。它对红军三渡赤水（乃至四渡），跳出敌人正在逐步缩小的包围圈，成功实现战略转移，起到了决定性的作用，达到了战前军委“迅速夺取与控制赤水河上游的渡河地点以利作战”的目的。

茅台渡口纪念碑

在红军遵义大捷后，蒋介石决定亲自督师，企图南守北攻，围歼红军于遵义、鸭溪狭窄地区。而红军方面，1935 年 3 月 12 日政治局扩大会议上确立了中共中央政治局最高军事指挥机构三人团，进一步确立和巩固了毛泽东在党中央和红军中的领导地位。为粉碎敌人新的围攻，毛泽东将计就计，三渡赤水引敌西进，调动了敌人，当敌吴奇伟部北渡江和滇军孙渡部靠近红军之际，红军突然转兵向北，于 15 日进占仁怀，16 日从茅台第三次渡过赤水河，再入川南。

三渡赤水的成功，迷惑了蒋介石，调动了国民党军，在红军的战略转移中具有举足轻重的意义。现在，在茅台镇朱砂堡的赤水河畔，耸立着一块水泥混沙的纪念碑——茅台渡口纪念碑。茅

贵州茅台渡口。

台渡口纪念碑，是为纪念1935年红军三渡赤水河的壮举所建，寄托着人民群众对红军无比崇敬和无限怀念的深情。

四渡赤水战役

遵义会议后，中央红军决定北上，经土城、赤水在泸州宜宾之间渡长江，与红四方面军会合。1935年1月28日，中央红军主力在土城青杠坡一带与国民党主力川军发生激战。因敌情变化，改变计划主动撤出战斗，从土城等地一渡赤水河，突出重围进入川滇边境。2月18日至21日分别从太平渡、二郎滩等二渡赤水河，重返敌兵力空虚的黔北，克娄山关，再占遵义，歼敌2个师又8个团，取得长征以来的最大胜利。3月16日至17日，中央红军由茅台及其附近地区三渡赤水河，佯动惑敌。3月21日至22日秘密迅速由二郎滩、太平渡等四渡赤水河。随后，南渡乌江，佯攻贵阳，声东击西疾进云南，巧渡金沙江，取得了战略转移的伟大胜利。

四渡赤水，毛泽东等党和红军领导人指挥3万多红军在赤水河上四次飞渡，南北往返数次，东西纵横千里，成功摆脱国民党40万大军的围追堵截，是红军长征中最惊心动魄的军事行动，是以少胜多、变被动为主动的光辉典范，是毛泽东平生“得意之笔”。

青杠坡战斗遗址

遵义会议后，中央红军拟从泸州和宜宾之间北渡长江，与川西北的红四方面军会合。1月27日，面对前有阻敌后有追兵的形势，中革军委决定在青杠坡一带开灭尾追之敌。

1935 年 1 月 28 日拂晓，战斗打响，红三、五军团与国民党川郭勋祺等部展开激战。由于红军情报有误，低估敌人战斗力等原因，川军增援不断，红军部分阵地被突破，形势万分紧急。危急关头，朱德总司令亲上火线，干部团发起反击，红二师回援青杠坡，连续反击，终于攻占主阵地营棚顶。28 日傍晚，党中央在土城召开紧急会议，决定根据敌情变化，采取毛泽东建议，改变原定计划，主动撤出战斗，从土城等地西渡赤水河，拉开了四渡赤水的序幕，走上了胜利的征程。

青杠坡战斗，红军伤亡 3000 余人，歼敌 3000 余人。走出新中国成立后党的两代领导核心、三任国家主席、一任国务院总理、五任国防部长、七位元帅、一百多名开国将军。

淋滩村红军地下支部、红军伤员养伤处

1935 年 2 月 18 日至 21 日，在扎西完成整编后，中央红军从赤水河畔的淋滩等地，二渡赤水，再占遵义。当年 3 月 21 日至 22 日，红军在淋滩等地，第四次渡过赤水，最终完成北渡长江的战略计划。

淋滩村曾是红军底下党支部所在，当年有数十名受伤的红军战士，在进步人士刘纯武（时任国民党区长）保护下，留在淋滩疗伤。《习水县志》记载，刘纯武救下的红军，有 50 多人。

黎平会议会址

黎平会议会址坐落在贵州省黎平县城德凤镇二郎坡 52 号，

贵州黎平会议会址。

是一座清代的古代建筑物。占地面积近1000平方米，外有高约20米的封火墙围绕，森严幽静。1934年底，中央红军由湖南通道进入贵州，占领黎平后，总司令部就设在这里。12月18日，中共中央政治局在此召开会议，史称“黎平会议”。这是红军离开江西后召开的一次重要会议，在紧要关头改变红军的战略方针，变被动为主动，并为遵义会议的召开奠定思想和组织基础。这所普通的民房，因“黎平会议”而成为重要革命文物，1982年被列为贵州省级文物保护单位，2006年升格为全国重点文物保护单位。

黎平少寨红军桥

位于黎平县高屯镇少寨村，1934 年 12 月下旬，红军长征路经少寨，当地群众为红军搭建了此桥，故名。1934 年 12 月 14 日，红军攻占黎平。18 日，中央政治局在黎平召开会议，肯定了毛泽东向贵州进军的正确主张，作出了在川黔边区建立根据地的决定，从而为遵义会议的胜利召开奠定了基础。除了黎平会议的旧址外，黎平县内关于红军长征的足迹就数高屯镇八舟村上少寨的红军桥了。当年红军某部在此驻扎时，发现过八舟河（当时名为亮江）上的简易木桥已非常破旧，难以通行，遂马上进行整修。几天后，一座高 3 米，宽 1.3 米的木桥修建完成，解决了附近上百个村寨村民的出门难题。为纪念红军的义举，村民们把这座木桥命名为“红军桥”。

重　庆

1. 重庆酉阳：南腰界革命根据地

酉阳地处渝、鄂、湘、黔四省（市）结合部，辖区面积5173平方公里，辖39个乡镇（街道）、278个行政村（社区），总人口86万，是重庆市辖区面积最大、少数民族人口最多的县。

酉阳历史悠久、人文厚重。有2200多年建县史，是800年州府所在地。22个特色村寨列入中国传统村落名录，是中国土家摆手舞之乡、中国著名民歌之乡。国家历史文化名镇龙潭古镇是赵世炎、赵君陶、刘仁等革命志士的故乡；贺龙、关向应等老一辈无产阶级革命家在南腰界创建了革命根据地，并与任弼时率领的红六军团胜利会师。

酉阳山水交融、景色宜人。乌江、阿蓬江、酉水河“两江一河”江峡相拥、风景如画；金银山、巴尔盖两个国家森林公园环抱县城、景城交融。已成功创建桃花源国家5A级景区、龚滩古镇、龙潭古镇和神龟峡 3 个国家 4A 级景区，有 2 个国家森林公园、2 个国家湿地公园，是“中国著名原生态旅游胜地”、国家山水园林县城、全国文明县城、国家卫生县城。

2. 军号声声催征程

军号声声催征程

本报记者　郑娜

“刘师傅，你修补的军号、做的军哨，在我们和敌人的战斗中起了决定性作用。我要感谢你。”1934 年 9 月下旬，以南腰

记者采访救治过红军战士的村民的后代。

界为根据地，贺龙率领的红三军在贵州沿河淇滩与当地军阀的战斗中，大获全胜，缴获了不少武器。战斗结束后，贺龙专程到刘心扬的家里致谢。刘心扬是谁？他与红三军发生了怎样的故事？

7 月 17 日，记者再走长征路来到重庆市酉阳土家族苗族自治县南腰界镇，采访了刘心扬的孙子刘佐根以及相关党史专家，揭开了 85 年前一位银匠与红军之间鲜为人知的往事。

“贺龙军长来到了家里”

1932 年，红二军团在国民党军队第四次“围剿”中失利，由 2 万多人锐减到几千人，缩编为红三军，被迫退出洪湖，撤出湘鄂西革命根据地。1934 年 6 月，贺龙带领红三军来到南腰界，并以此为大本营开辟了川黔边革命根据地。

地处渝黔湘鄂交界处的酉阳县，层峦叠嶂。在山高谷深、沟壑纵横的群峰中，却有一处地势平阔、土地肥沃，拥有良田万亩，那就是南腰界。

“选择以南腰界为中心建设革命根据地，一是因为这里人口多、粮食足，容易解决给养。二是因为这里处于川黔边结合地带，西有乌江之险、南有梵净山，在军事上的回旋余地非常大。”酉阳县红色景区管委会主任白明跃告诉记者。

红三军进驻南腰界后，把司令部驻扎在南界村余家桶子，在这里生活和战斗长达半年之久。他们不仅对当地秋毫无犯，还为老百姓干农活、办学校、建医院，得到老百姓的爱戴和拥护。

当时 30 多岁的银匠刘心扬就是拥护和支持红军的群众之一。“司令部离我们家只有几百米。有一天，贺龙军长来到了家里……”刘佐根指向不远处，开始向记者讲述爷爷刘心扬受贺龙委托，为红军修军号、做军哨的故事。

“刘师傅，我要感谢你”

那是 1934 年 8 月的一天，刘心扬正在家里打银器，贺龙刚好带着他的警卫员路过，听到里面叮叮当当的声音，就走进去问：“老乡，你在做什么？”刘心扬回答：“我在做一个帽饰。”贺龙接着问：“你还会做什么？会不会修补铜器？”在得到刘心扬肯定的回答后，贺龙就让警卫员去不远处的司号排取了一只破损的军号过来。

一看是帮红军修军号，刘心扬二话不说，搬来桌子立马动起

记者在重庆綦江重走“红军路”。1935 年，红一军团 8000 余人就是从条崎岖的羊肠小道走到重庆。

手来，很快就把军号上的裂缝修补好。跟过来的司号排排长一看，非常高兴，举起军号就用号语朝司号排吹了起来。不一会儿，很多号兵都拿着破损的军号找了过来。

“大概有二三十只。我爷爷夜以继日赶工，修好后交给排长。排长向贺龙军长汇报，说军号全部修好了，和原来一样嘹亮。军长很高兴。”刘佐根说。没过几天，贺龙再次来到刘心扬家，这次他拿来了一枚军哨。“这个东西你能不能做?”贺龙问刘心扬。虽然从没见过军哨，但是手艺高超的刘心扬看了一眼说“能”，便接下了这个“活”。

第二天，一位红军军官拿着一包散碎的银子来找刘心扬，告诉他先做 20 个军哨，剩下的银子做工钱，但是刘心扬一点银子都没收，全部做成了军哨送给红军。他做了一批又一批，一共做了 300 个。做完最后一批军哨后大概 15 天，贺龙第三次登门拜访。他握着刘心扬的手说:“刘师傅，你修补的军号、做的军哨，在我们和敌人的战斗中起了决定性作用。我要感谢你。”

刘心扬这才知道，9 月下旬，在刚刚结束的贵州沿河淇滩一场战斗中，贺龙给班长以上的指战员每人发了一个口哨，漫山遍野地吹，迷惑敌人。敌人不知虚实，被搞得晕头转向，慌忙窜到乌江边夺船渡江逃命，红军最后大获全胜，缴获了不少武器。听到这个好消息后，刘心扬特别激动，没想到自己做的军哨起了这么大的作用。更令他感动的是，为了表示感谢，贺龙坚持把一根心爱的乌木烟杆送给他。1957 年，贵州省革命文物征集组来南腰界征集革命文物时，刘心扬把这件珍藏的宝贝献给遵义博物馆。

“二军团离开南腰界那天，我爷爷送了好一段路”

二三十只军号、300 只军哨、一根乌木烟杆，留下了银匠刘心扬与红三军之间的佳话，也证明“红军打胜仗，人民是靠山”的真理。在南腰界，不只刘心扬为红军修军号、做军哨，还有黄大娘为红军送红苕米酒治疗水土不服、有大坪盖陈良玉夫妇救治2名红军伤员、有 300 多名南腰界青年加入游击队……

“1934 年 6 月至 10 月，红三军以南腰界为中心，建立了苏维埃政权。在南腰界，红军依靠当地老百姓创建了稳固的革命根据地，胜利实现了红三军向湘鄂川黔边的战略转移，度过了湘鄂西红军建军以来最困难的阶段。”白明跃说。

1934 年 10 月 23 日，红六军团主力到达黔东印江县木黄。24 日，贺龙、关向应率领红三军主力及李达部队从芙蓉坝、锅厂到达木黄，两军胜利会师。27 日，红三军、红六军团在南腰界猫洞大田召开会师庆祝大会，实现了长征以来红军的第一次会师。在会师大会上，根据中央指示，红三军恢复为红二军团。28 日，红二、红六军团从南腰界出发，直入湘西，并肩战斗，发展壮大成红军三大主力之一，由此走上了胜利发展的新阶段。

“贺龙军长带领红二军团离开南腰界的那天，我爷爷跟着部队送了好一段路。”刘佐根对记者说。老百姓对红军的这份情谊，像嘹亮的军号军哨般，一直追随在战士们远征的路途上，激励他们前进、前进、再前进。

（《人民日报海外版》2019 年 7 月 19 日第 2 版）

3. 酉阳的长征故事

贺军长领导我们打土豪分田地

讲述人：刘应儒（酉阳土家族苗族自治县南腰界乡南腰界街上人，当年曾任南腰界区苏维埃政府文书）

1934年6月，贺龙军长领导的红三军来到了南腰界。红军到南腰界后，随即发动群众，展开了轰轰烈烈的打土豪分田地、组织工农武装、建立人民政权的活动。贺军长还从部队抽调了一百多名干部、战士组成了一支武装工作队，分赴酉阳、沿河、印江、松桃、秀山等地各乡村发动群众。我们南腰界街头的土地庙墙上，引人注目地写上了共产党《十大政纲》，在其他醒目的地方，也都写上了“打倒土豪分田地”“红军为消灭地主阶级、

记者采访救治过红军战士的村民的后代。

土地归农民而战”的标语。

1934 年 6、7 月间，南腰界地区的南腰界、唐家溪、大坪盖、龙池四个游击大队，在红军的领导下先后建立起来了。随后南腰界、唐家溪、大坪盖、龙池四个乡苏维埃政府也相继建立。南腰界区苏维埃在几个乡苏维埃建立之后，于 8 月 1 日也成立了。贺军长亲自参加了南腰界区苏维埃政府的成立大会，并在会上讲了话。他说：“我们工农红军就是打土豪劣绅的，我们成立游击队，建立苏维埃，就是把大家组织起来，打倒土豪劣绅、分田分地，让穷人过好日子。”会后，南腰界人民在红军和区乡苏维埃政府的领导下，掀起了一个打土豪、分田地的高潮。

1934 年 8、9 两月时间里，我们南腰界、唐家溪、大坪盖、龙池四个乡苏维埃的大部分地区，一些无地或少地的农民都分得了土地，仅唐家溪乡苏维埃，就分了陈再兴、毛德西等十多家地主的土地，面积达两千多亩，农民人均分得一亩多。南腰界的贫农杨厂司、曹树贤等农户，人平分得活水田一亩半。经过分田分地运动，我们南腰界地区的几十户地主恶霸的几千亩土地，绝大部分回到了贫苦农民手里，使长期备受反动统治压迫和剥削的南腰界人民，第一次有了自己的土地。

在分田分地的同时，对像南腰界、唐家溪、大坪盖、龙池等地的冉瑞廷、欧松廷、张步青、杨澄清、邹学良等 50 多家土豪，除了没收了他们的全部田产外，还分了他们的谷米和其他财物。同时，还处决了妄图伺机反扑的反革命分子冉崇祯；镇压了劣绅罗汝崇和伪乡长罗汝祥以及大恶霸陈良仲；逮捕了一贯披着宗教外衣进行反革命活动的欧廷献；处决了混进游击大队搞内奸活动的秦登仲。通过这些斗争，大长了穷人的志气。一时间，“云开太阳照，魔鬼无处逃，官绅财佬嗷嗷叫，贺龙的红军专门打土豪”的歌声，响彻南腰界的村村寨寨，人们兴高采烈地庆祝翻身，庆祝胜利。

这些革命活动，已经过去50多年了，现在的南腰界与50多年前的南腰界相比，发生了翻天覆地的变化。50多年的人世沧桑，很多往事都已忘怀了，但贺龙军长领导红军在南腰界打土豪、分田地的革命情景，至今我仍历历在目，记忆犹新。

（摘自酉阳党史研究室档案1986年永久9卷，《酉阳党史研究资料》第8期总第33期）

红旗和大刀

讲述人：冉隆昌（南腰界游击队长，生于1908年，1960年去世。本文是根据他生前口述整理的）

1934年夏初，贺龙率领的红军来到南腰界不久后，我同陈显朝、池宽成、刘登元、伍永孝等30多人，在“忠烈祠”参加了贺龙、谷志标等红军首长主持召开的群众积极分子会议。会议内容主要是研究如何发动群众、建立苏维埃政权、组织游击队和打土豪的事。会后，大家根据贺龙讲的，分别回到自己住的村子去发动群众。红军干部覃世安、李世清、江绍之等同志也分别深入到各寨发动群众。

经过一个多月的宣传发动工作，南腰界各地游击队和苏维埃政权，都先后建立起来了。当时，我参加的是南腰界游击大队。成立游击大队那天，我们30多个游击队员，成两列横队站在南腰界街口的土地庙前，面对土地庙墙上写着的共产党《十大政

纲》，以它为誓词，举手宣誓。宣誓以后，贺龙来到队列前，把一把闪闪发亮、柄上刻有“将革命进行到底”的大刀和一面绣有镰刀斧头的红旗交给了我，并对我说：“隆昌啊，红旗是革命的象征，大刀是革命的武器。你要用这把大刀保卫红旗，将革命进行到底，用它砍出一个新世界来。”说到这里，贺龙问我：“隆昌，你有信心吗?”我立刻举起右手答道：“有信心，誓死保住红旗和大刀，将革命进行到底!”

从那以后，我们游击大队编入了川黔边独立团，在覃世安团长的率领下，跟红军战斗在川黔边一带。我举起红旗，拿着大刀，参加了木黄、淇滩、攻打大坝祠堂等十多次战斗，还参加打了十多次土豪。

1934 年 10 月，贺龙领导的红军和井冈山来的红军在南腰界会师。第二天，贺龙、萧克等同志率领部队，离开了南腰界，开始了新的征程。解放后，我回到南腰界老家，又重新操起了贺龙给我的大刀，投入了清匪、反霸和土地改革运动。一直到 1953 年，我才把珍藏多年的红旗，从土地庙里取出，连同大刀一起献给了遵义博物馆的同志。那面红旗和大刀，作为革命文物，听说现在还收藏在遵义博物馆里。

（摘自酉阳党史研究室档案 1986 年永久 9 卷，《酉阳党史研究资料》第 9 期总第 34 期）

红军与人民亲如一家

苏区人民与红军在建立和巩固根据地过程中，建立了深厚的革命感情，他们亲如一家，情同手足，在战斗中，同仇敌忾，共同对敌；在危难之时，同生死，共患难。红军转移后，苏区人民冒着生命危险，保护红军伤病员和收藏保存了一大批革命文物。

秀山县雅江乡丰田村裁缝李木富冒死将黔东特委书记兼独立师政委段苏权藏在一个隐蔽的山洞里，送医送药，喂茶喂饭，经过20多天的医治和调养，段政委的伤势大为好转，他为了不连累百姓和救命恩人，拖着受伤未愈的身体离开苏区。临行前，李木富给段政委筹备盘缠费，苏仕华老农特意做了一副“下”拐杖送他。于是他化装成要饭的，顺着澧水，辗转回到茶陵老家养伤。1937年，他得知“西安事变”发生和红军东渡黄河抗日的消息后，立即告别亲人，只身奔赴抗日前线。在山西太原八路军办事处见到了老上级任弼时。从此，他又献身党和

重庆酉阳县，当地一位老人带着两个孩子远望“红二、六军团南腰界会师纪念塔”。（本报记者郑娜摄）

人民的革命事业。先后任中央军委总政治部教育科科长，晋察冀军区北平军分区政治部主任、政委，热河军区司令员，北平军调处执行部驻热河承德第十一小组代表，冀热察军区司令员，东北野战军第八纵队司令员，东北军区副参谋长等职。中华人民共和国成立后，任东北军区空军司令员，中国人民志愿军空军军长，华北军区空军司令员，人民解放军高等军事学院副教育长兼战略教研室主任，福州军区副司令员，军政大学副校长，军事学院政委等职。1955 年被授予少将军衔。

南腰界大坪盖陈良玉夫妇留下了两名受伤红军，藏在自己的房屋中，精心照料，伤势渐愈。由于敌人的不断骚扰，这两位红军战士怕连累老百姓，执意要去找部队。陈良玉夫妇把家中仅有的两只老母鸡杀了，给战士吃，还特为他们准备了干粮，化了装，送出百里之外。离别时，这两位红军战士一再表示感激之情，永远铭记在心。

为了把红军书写的标语和纪念品保存下来，南腰界的人民用加盐巴的石灰水填写了标语，然后用黄泥巴、草木灰和锅烟灰进行涂抹，使得“共产党《十大政纲》、红军为土地归农民而战”等标语，以及“蒋介石是帝国主义走狗”等宣传画得以保留至今，并用极大的热情收藏了《中国工农红军的任务和纪律》《革命委员会政治纲领及组织法草案》《苏维埃农民协会的纲领及章程》《工农自卫队的任务及章程》等一大批珍贵革命文物。

（摘自《酉阳南腰界革命根据地》）

4. 酉阳的红色景点

红二、六军团会师遗址

红二、六军团会师遗址位于南腰界镇南界村猫洞大田，面积3600平方米，呈长方形，西坡麓原是大会主席台。

1934年10月，任弼时、萧克、王震、李达领导的红六军团作为中央长征的先遣队，经过2个多月的艰苦奋战，先后摆脱湘、桂、黔敌军的多次围追堵截，穿行20多个县，付出了巨大牺牲，在贵州的木黄、石梁等一带与贺龙、关向应、夏曦领导的红三军部分会合，并于26日全部集结南腰界。27日，两军指战员和南腰界区委会（区苏维埃）所属4乡游击队员共8000多人，在猫洞大田举行两军会师大会。会上任弼时宣读了中央发来的贺信和宣布了红三军正式恢复红二军团番号，以及部队整编的几项决定，贺龙、关向应、萧克、王震等同志亦相继讲话。10月28日，红二、六军团从南腰界出发直入湘西，为策应中央红军北上和扩大湘鄂川黔革命根据地作出了卓越奉献。红二、六军团由此走向新的发展阶段，成为中国工农红军三大主力之一。红二、六军团会师是胜利的会师、模范的会师，在中国工农红军发展史上写下光辉的一页。

1982年酉阳县人民政府公布为全县重点文物保护单位，并在此立一石质县级文物保护单位标志碑。

中国工农红军第三军司令部旧址

该址位于酉阳自治县南腰界镇南界村5组。

1934年6月，贺龙等领导的红三军来到酉阳南腰界，以南腰界为中心，开辟了川黔边革命根据地。红三军司令部就驻扎在建于清咸丰年间、原清末秀才余兰城私宅（余家桶子）。屋内约450平方米，系明5间暗7间加2间厢房和吊脚楼的石木结构。四周是封火古墙，墙为下石上砖所砌成。

这里曾为中共湘鄂西中央分局的会议室，以及贺龙、夏曦、关向应的办公室和宿舍。在这里曾召开三次重要会议。第一次是1934年8月1日至4日，为总结从湘鄂西突围以来的教训，贯彻中央五届六中全会精神而召开的分局会议，会议决定内部停止“肃反”，恢复党团组织及政治机关，作出了《中共湘鄂西中央分局接受中央指示及五中全会决议》的决议。第二次是1934年9月10日至15日，湘鄂西中央分局召开扩大会议，会议对红三军历史进行了回顾，对丢失根据地教训进行了总结，对肃反运动进行了检讨，提出了目前工作任务和计划，夏曦作了自我批评。会议决定把黔东独立师的大队、支队、分队改为团、营、连编制。形成《中共中央分局向中央的报告》。第三次是1934年10月26日至27日，由红二、六军团领导人举行的重要决策会议，任弼时为党中央代表主持会议，会议决定对红二、六军团进行整编，同时决定由红六军团的伤病员和地方游击队组建黔东独立师，命六军团53团团长王光泽为师长，六军团宣传部部长段苏权为政委兼黔东特委书记，坚持苏区斗争。会议根据夏曦所犯的错误，建议“中央撤销他中央分局书记及分革军委主席的职务”“并提议贺龙为分革军委会主席，肖、任副之”。会议决定两军团集中统一行动。27日两军团在猫洞大田召开了会师大会。

1980年四川省政府公布为四川省重点文物保护单位，2000年转为重庆市重点文物保护单位。

中国共产党《十大政纲》遗迹

该遗址位于酉阳自治县南腰界镇南界村5组。

1934年6月，贺龙率领的红三军进驻南腰界后，为了宣传党的政策，由红三军宣传队长樊哲祥同志（曾任北京炮兵学校校长）用毛笔在南腰界场车轩门口的四方塔式土地庙（原水晶宫）粉壁墙上，书写了中共六大的《十大政纲》。其内容为：

1. 推翻帝国主义的统治。

2. 没收外国资本家的企业和银行。

3. 统一中国，承认民族自决权。

4. 推翻军阀国民党政府。

5. 建立工农兵代表会议（苏维埃）政府。

6. 实行八小时工作制，增加工资、失业救济与社会保险等。

7. 没收地主阶级的一切土地，耕地归农民。

8. 改善兵士生活，给兵士土地和工作。

9. 取消一切苛捐杂税，实行统一的累进税。

10. 联合世界无产阶级和苏联。

10月红军撤离南腰界后，南腰界人民为保留标语，用加盐巴的石灰水填写标语，再用黄泥巴、草木灰和锅烟灰进行涂抹，使其标语完整保存。1957年由冉隆昌老人回忆其遗迹时，才用小刀慢慢刮去熏烟，使字迹终于显现，由县文管所复制修补恢复如初。

1982年公布为县级文物保护单位。

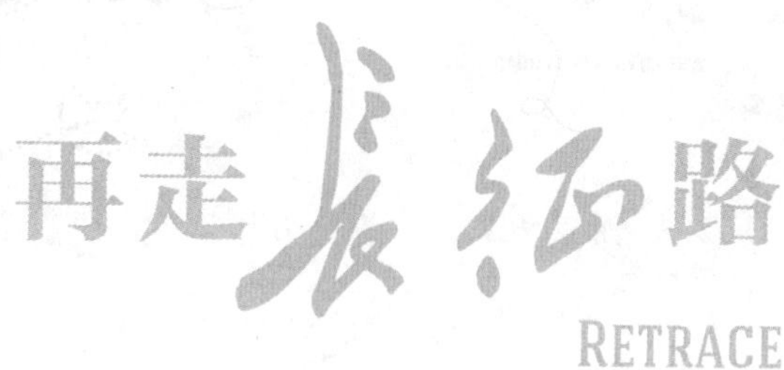

云　南

1. 云南迪庆：金沙江穿过的高原

迪庆藏族自治州，是云南省的8个自治州之一，首府香格里拉市。位于云南省西北部，滇、藏、川三省区交界处，青藏高原伸延部分南北纵向排列的横断山脉，金沙江、澜沧江、怒江三江并流国家级风景名胜区腹地，澜沧江和金沙江自北向南贯穿全境。迪庆藏族自治州管理1个县（德钦县）、1个自治县（维西傈僳族自治县），1个县级市（香格里拉市）。迪庆境内有26个民族，千人以上的有藏、傈僳、汉、纳西、白、回、彝、苗、普米等9个民族。

中国工农红军二、六军团18000多人在贺龙、任弼时、关向应、萧克、王震率领下，从1936年4月25日分7个渡口渡过金沙江进入迪庆，到5月13日离境，经过7个乡镇，22个行政村，123个自然村，行程405公里，在境内停留休整19天。召开一次重要会议，先后发生两次战斗，翻越三座雪山，160 多名指战员长眠在迪庆高原。

2. 威武之师，在云南留下光辉足迹

威武之师，在云南留下光辉足迹

本报记者　陆培法　文 / 图

1935 年 11 月 19 日，中国工农红军第二方面军（二、六军团），从湖南桑植和轿子垭地区出发，开始了万里长征第一步。红军历经百战洗礼后，于 1936 年 2 月进入滇境，4 月 15 日克楚雄，18 日破祥云，20 日陷宾川，23 日入鹤庆。

翌日，贺龙总指挥、任弼时政委、关向应副政委等将军在骑兵连的簇拥下，带领大队人马，浩浩荡荡地爬上了关坡，迎风举着红旗，向丽江古城急驰而去。

1936 年 4 月 25 日红二、六军团主力抵达金沙江边的石鼓地区开始渡江，至 4 月 28 日，红二、六军团 18000 多人马完成了渡江，从当时的丽江县境抵达今迪庆州的香格里拉县境。

本报记者深入丽江、迪庆等地，寻访当年红军的光辉足迹。

摆香案备酒茶，古城隆重迎红军

红军到达丽江县城之前，在晚清进士和庚吉的建议下，丽江民众自发组织了欢迎队伍，分别到玉龙锁脉和东元桥“接官亭”

欢迎红军。

丽江离退休干部和尚武告诉记者，1936年4月24日午时，从丽江县城出发欢迎红军的100余民众代表，在八河村南玉龙锁脉寺西边接官亭，隆重摆设香案、敬备酒茶、献上供品，在红二军团第四师骑兵先锋队从东元桥北进县城南郊之时，高举“欢迎义军（丽江民众方式称红军为‘义军’）”彩旗，以丽江纳西族最为隆重的传统仪式，由德高望重的老者，致辞欢迎北上抗日的仁义之师进驻县城。

红军官兵看到如此隆重的仪式，提前下马列队步行开进，红军代表与民众代表互致问好，向民众进行“红军是工农的队伍”“抗日反蒋、北上抗日”“各民族团结起来”等政治宣传，掀起了“军民团结一家亲”的热潮。过了接官亭后，红军进驻县城。

据丽江市委党史研究室原副调研员和钢介绍，红军进入丽江的村庄后，虽然是衣衫褴褛，疲惫不堪，但依旧纪律严明，秋毫未犯，买卖公平，待人和气。

“与红军接触后，红军在丽江老百姓眼中是喝一口凉水都要给钱的军队。”和钢说，当时红军在行进、渡江途中，国民党的飞机一路狂轰滥炸，但红军宁肯露宿郊外，也不进村，绝不扰民。群众看到红军如此亲民爱民，纷纷出来为红军挑米送菜做饭，争当向导、抬送伤病员。

“‘老表你好啊！’红军进村子时和和气气的，很和蔼，村里人见了，都说这是支能成大事的队伍。”丽江市古城区七河镇东关村村民和文戬告诉记者，红军刚刚进村时，大家不是很了解这支队伍，出门的人不多。随着了解的加深，到了后两天，来看红军的村民多了起来。而提前做了“功课”的红军指战员也遵循丽江群众“见红有喜”的习俗，专门给所有马匹戴上了大红花，高高大大又喜气洋洋，场景很壮观。

“听老人讲，当时还有红军给村里的一个孕妇送了半条棉被。”和文戳回忆说，红军很艰苦，穿的衣服简简单单，许多衣服都在行军路上剐破了，但红色五角星的帽子仍然都戴得工工整整，军容十分整齐，“太不容易了，一条被子两个人盖、半条被子也两个人盖的红军，却给了孕妇半条被子，听说被子里还放有一些宣传标语。”

为了报答红军的恩情，许多民众还积极帮红军做好翻越大雪山前御寒衣物等军需物资的筹备工作。当时，丽江境内的 34 个裁缝、17 部缝纫机，分别在 7 个地方为红军赶制衣帽、米袋。大家积极投入，昼夜赶制。其中，和士强等 4 人一个晚上就缝制出军帽 37 顶、短裤 16 条，张兆华等 6 人缝制了军帽 90 多顶、米袋 100 多条。

“红军经过丽江虽然只是短短的两三天，但留下了很多感人的小故事。”和文戳感叹道，“我从小就听村里老人讲红军长征经过村子的故事，一代传一代，现在村里小孩都知道这段历史。”

石鼓渡口创传奇，穷苦木工感恩立奇功

玉龙县石鼓镇街尾临江坡头的红军长征纪念馆里，有一座碑通高 8.1 米，碑身高 7.1 米，基座边长 5.1 米的红军长征纪念碑，这座纪念碑是为纪念一项非凡的军事艺术，一段波澜壮阔的红军长征史诗而建的。

1936 年 4 月 11 日，红二、六军团从富民向滇西急进；4 月 23 日，红二、六军团于鹤庆地区集合，决定兵分两路，分别从鹤庆经过原丽江县城取道石鼓、从鹤庆取捷径经丽江九河，直达

石鼓。全军会合后，分别从五个渡口抢渡。

“缵贤先生大鉴：此次大军道经黄地，因事先未追派员拜调左右，以致有惊台端。兹为冰释，望希请勿疑惧。闻得黄地渡河船筏，一律隐藏东岸，此诚不幸之至。字到请阁下将渡河船筏一并派人驶来，以便大军北渡，事竣当给重重劳金，决不至误！”

在金沙江木取独红军渡口，今年65岁的新华村村民王曙轩，一字不漏地向记者背出了当时贺龙写给爷爷王缵贤的亲笔信。

当时，王缵贤为鲁桥乡副乡长，红军抢渡金沙江的几个渡口都在乡辖内。在红二、六军团抵达石鼓后，仅找到一条一次能渡十人的小船，原来早在红军到来前两三个星期，国民党反动派就下令金沙江西南面不准停船，并且对部分船只进行了销毁。在此情况下，找船渡江成了迫在眉睫的事，这时有人向贺龙推举了王缵贤。

王缵贤立即叫船工杜有发、徐栋才和陈双友到木取独渡口，把隐藏在江东岸的一只船连同中甸县（今香格里拉县）的船工赵锡敏、马光友一并找来，等候红军过江。

18000余英雄健儿利用7条木船、20多条筏子，在28名船工的昼夜奋力摆渡下，分别从石鼓到巨甸60多公里的海洛塘、木瓜寨、木取独、格子、士可、巨甸（丁良木、余化达）等主要渡口，昼夜不停，神速抢渡。28日，红六军团16师最后在巨甸余化达全部渡江完毕，红二、六军团顺利摆脱了长征以来一直穷追不舍的数十万国民党军队，取得了北上抗日战略转移的决定性胜利。

王曙轩叹了口气说：“可惜了，信在20世纪60年代就已销毁。不过还好，现在家里都知道贺龙曾经给爷爷写过信。我会背，我儿子知道大概的内容，现在孙子还小，以后长大点，一定会讲给他们听，让他们一定铭记这段历史。”

原本因为不交租子而身陷囹圄，家庭也因此风雨飘摇，无所依靠的尹学富不会想到，自己“拖欠两石租谷”的罪名会因为红军的到来顷刻间摘除。这个玉龙县黎明乡茨科人从监牢出来后，怀着感恩之心，为红军当向导带路并帮助红军抢渡金沙江。他找到了2条木船、5个船工，不分昼夜地帮助红军渡江。

尹学富的孙子尹正国告诉记者：“爷爷当年是个木工，所以他在修船、扎木筏方面很在行，帮了红军不少忙。当时他们的船只、木头都不够，还要到处找木头，后来爷爷制作了七八条船帮红军渡江。因为红军把爷爷给救了出来，他知道感恩，就力所能及地帮红军一些忙，表达一种感激。爷爷觉得他们都是好人，如果红军不来，我爷爷一辈子也只能是交不起租子的穷苦百姓。红军来了，解救了他，也救了我们全家。”尹正国说。

“兴盛番族”，贺龙将军的滇藏情怀

1936年4月28日，贺龙率领中国工农红军二、六军团摆脱国民党的围追堵截，从丽江石鼓镇渡过金沙江，进入中甸县境内。中甸是云南连接康藏的重要通道，是一个藏民聚居区。因此，摆在红军面前的，不仅是海拔3000米以上的崇山峻岭，还有复杂多变的民族关系。

在迪庆州红军长征博物馆，记者见到了夏纳古瓦的后人青玛。她给我们讲述了爷爷夏纳古瓦和红军的故事。

为了赢得藏族同胞的理解和支持，红军在中甸县边境的金江、上江一带对部队进行了党的民族、宗教政策教育，要求全体指战员严格执行“三大纪律八项注意”，尊重藏族人民的风俗习惯，保护寺院。

4 月 30 日，中甸县宗教政治中心归化寺派出喇嘛夏纳古瓦等人为代表，到红军总部进行会谈。为了表示对红军的尊重，他们向贺龙敬献了哈达，贺龙等军团首长热情地接待了他们。交谈中，贺龙得知寺院僧众对红军尚存疑虑的情况，当即作了明确的解释，宣传我党的民族和宗教政策，讲述红军的宗旨和北上抗日的决心。5 月 1 日，归化寺派出喇嘛代表和各村差役，由夏纳古瓦带领，捧着洁白的哈达，带着牛羊、青稞酒、酥油、糌粑等，到红军总部慰问。贺龙、任弼时等首长亲自迎接，并回赠了礼物。次日，贺龙等红军领导一行应邀到归化寺做客，受到全寺僧众的热烈欢迎。贺龙将亲笔题写“兴盛番族”的红布幛赠送给归化寺，祝愿藏族人民繁荣昌盛。

5 月 3 日，归化寺僧众及商人、富户打开仓库，出售粮食、盐、糖等物资给红军，有的藏民还把粮食无偿地送给红军。短短两天时间，红军就筹集粮秣约 10 万斤。

夏纳古瓦等人更是为红军日夜奔走，为此，贺龙为夏纳古瓦颁发了委任令：“兹委任夏纳古瓦同志任中甸城厢及附近乡区安抚和招徕全体居民，并与本军采办给养，仰我全体民众一体知照。至本军全体红色军人，对夏纳古瓦同志应加以保护和帮助，不得稍事为难，是为至要。此令。主席贺龙。”

位于香格里拉市金江镇兴隆村的姚家大院，是长征时期贺龙元帅巧渡金沙江过岸停歇的老宅及临时指挥所。记者看到，宅内陈列了琳琅满目的贺龙、任弼时、关向应、萧克、王震等红军将领们用过的生活用具、宿营用床和军用物品，还存留着举不胜举的红军故事，还有姚家祖辈们为了持续纪念红军先烈们而专门设立的红军先烈敬拜堂。

“老房子是爷爷修建的，已经有 100 多年的历史了，爷爷告

诉我爸爸这个红军住过的房子不能拆，爸爸又告诉我，我又告诉儿子孙子不能拆，要永远永远地保存下去。”69岁的姚喜艳告诉记者。

1936年，她的爷爷姚杰勋56岁，是一名奔走在茶马古道南段的“马锅头”，他拥有30多匹马组成的马队，往来于云南与西藏，运送盐、糖、茶叶等物资。爷爷发现红军纪律严明，爱护百姓，觉得当官的也为人随和亲切便自觉为红军当起了向导。渡江后，爷爷便邀请贺龙等人在他家的四合院里建立了临时指挥部。

1936年4月，姚杰勋与同伴到鹤庆采购物资，恰逢红二、六军团击败阻击的国民党反动派军队与当地土匪武装，占领了鹤庆县城。一时间，鹤庆县城到处是红军队伍。受困于县城的姚杰勋及其马队被红军包围，并被带到了一个骑着高头大马的将军面前。没等将军开口，心里一直窝着火的姚杰勋就开始“发飙”嚷嚷，令他没想到的是，这位红军将领非但不生气，反而面带微笑地说：“别误会，大哥，我们是红军，不是土匪。”后来，姚杰勋他才得知这位红军将领就是红二、六军团总指挥贺龙。

“当时红军里面有一个小孩子，大约就1岁多的样子，身上穿得也非常单薄，临渡江时，姚老爷子拿起一把剪刀就把自家的一床被子剪了半截，交给红军拿来包裹孩子。而抱孩子的红军也非常感动，表示等革命胜利后要亲自归还老乡一床新被子。”迪庆州委党史研究室主任孙彬涛说，因为当时红军渡江前夕，一切都属于保密阶段，孩子是谁的都不知道，经过后来的考证，当时那个孩子就是贺龙的女儿贺捷生。

2016年，在丽江市玉龙县石鼓镇红军长征渡江纪念碑下，贺龙元帅之女贺晓明将一床崭新的棉被送到了姚喜艳手中，一个承载着红军与藏区人民军民鱼水情的感人故事逐渐被外界知晓。

红军经过云南中甸藏区的短短十几日，让少数民族群众感受到了民族平等的温暖，让藏区人民充分了解了共产党的民族和宗教政策。孙彬涛对本报记者慨叹："1950年，云南和平解放，解放军师长廖运周带兵进入中甸时，为了安抚当地群众，他说：'大家不要怕，我们就是当年的红军。'这一句话，就赢得了藏民的信任。"

（《人民日报海外版》2019年7月29日第2版）

3. 云南的长征故事

纳西古城人民三迎红军进丽江

1935年10月19日，中央红军粉碎了数十万敌军的围追堵截，战胜无数艰难险阻，胜利到达陕北。同年9月，蒋介石调集重兵，向湘鄂川黔根据地发动新的"围剿"，形势异常严峻。为争取主动，1936年3月30日，红二、六军团奉红军总部朱德总司令"北渡金沙江，北上抗日"的电令，从盘县、宣威地区出发，开始了以抢渡金沙江为目标的战略转移。"这一转移，揭开了第二阶段长征的序幕。"和钢说，军团一路急进，冲破重重敌障，占领了诸多县城。之后，由鹤庆分两路出发，向丽江挺进。红军要来的

消息，很快传到丽江。而在此前，蒋介石早已放出谣言，污蔑红军是“屠城放火；共产共妻；红眉毛、绿眼睛，杀人不眨眼”。一时间，往日平静的古城人心惶惶，不少百姓纷纷躲入山中。

眼看着红军就要进城，是抵制还是接纳？当地开明士绅、纳西族前清进士和庚吉，根据多年来对时局的把握做出判断：红军是由政党领导，有自己的纲领，不会像散寇流勇那般乱杀人。再者，以当地的民团兵力，也根本无力抵挡。

“东元桥迎红军，其初衷是为了‘自保’，使战事不在丽江发生，防止古城毁于一旦。”但是，迎接民众的亲眼所见，大大出乎他们的意料——“这支队伍，根本不似传说中那般耀武扬威、高头大马”。

站在至今溪流潺潺的东元桥畔，中岗村村民小组组长朱彪回忆：自小，自己就听祖辈人讲起，“那些红军，大都是些20来岁的年轻人，虽经长途跋涉，衣衫破旧、面容疲惫，但军姿严整、军纪严明，帽子都戴得端正端正”。不仅如此，他们个个讲话和气，根本看不出首长和战士有什么区别。

在玉龙锁脉的“接官亭”，红军再次遇到前来迎接的丽江民众。百姓们高举“欢迎义军”的彩旗，以纳西族最隆重的传统仪式，由德高望重的老者致辞，欢迎北上红军。

看到此情此景，红军们一个个跳下马来，向欢迎的百姓致意问候。看到迎接彩旗上写着的“欢迎义军”字样，红军们热情解释：“我们是工农红军，是老百姓的队伍！”据后来的红军将领回忆，这是他们自从长征以来，第一次遇到这样的欢迎场面。

（来源：《中国青年报》）

鲍氏父子救红军

巨甸渡口是当年红军长征部队抢渡金沙江时的主要渡口之一。1936 年 4 月 24 日至 28 日，红二、六军团的 1.8 万名红军战士在石鼓镇和巨甸镇，分别从木取独、格子、士可、巨甸等主要渡口抢渡金沙江，在中国历史上写下了辉煌灿烂的篇章。

红六军团十六师到达巨甸时是 4 月 25 日夜，为了不惊扰村民，红军战士们睡在田埂边、树林里，直到天亮后，村民们才发现他们的到来。

在巨甸镇的短短几天里，红军战士以合理的价格，向村民购买蔬菜、大米等食粮物资，并四处动员群众加入红军队伍。相处交流中，村民逐渐发现红军是‘懂百姓疾苦、知群众所难’的一支好军队，渐渐放下了顾虑担忧，积极帮助红军。

打消疑虑后，热心的村民们齐心协力筹集革囊、绑扎船筏，村里的船工昼夜不停地帮助红军渡江，就这样红军六军团十六师近 3000 人顺利渡江。

舒茂才原姓鲍，是香格里拉市人，23 岁到巨甸镇巨甸村委会拉市坝村民小组一户舒姓人家做了上门女婿后，将姓改为舒。那时候，他与父亲积极参与到帮助红军找船只、扎木筏的行动中，并协助找到香格里拉一名周姓的马场居民，划船摆渡帮助红军渡江。

在红军大部队顺利渡江后，有 7 名负伤的红军战士留在村里养伤治病。舒茂才父亲是草医，懂些祖传接骨的秘方，于是便主动收留了这些红军伤病员到家里居住，红军部队走后，国民党反动派部队就来村里搜查红军下落，舒茂才父子俩因为害怕，便把 7 名负伤红军藏到山上的岩洞里。然而，国民党反动派军官知道

舒茂才父子收留过红军，强行逼问父子俩说出红军藏身处，为了解救其余红军战友，保护舒茂才父子，1 名负伤红军战士主动承认自己的身份，当即被刺杀丢进了江中。

直到国民党兵走后，舒茂才父子俩冒着生命危险，将剩下的 6 名红军，从香格里拉不同的两个方向，分两条线路安全地送走了。

在与红军相处期间，红军赠送给舒茂才一个铁皮饭盒，舒茂才非常珍惜，直到他去世了，这个饭盒还被珍藏在家中。

贺龙曾居住过的姚家大院

金江镇兴隆村的姚姓村民，是 1840 年鸦片战争爆发以前从丽江九河迁徙而来的白族。随后迁徙而来的是李姓家族，再往后到 1900 年迁徙而来的是史姓家族。于是，三大家族形成了而今金沙江东岸唯一的白族村。

当地的老人们常讲起红军在村里休整的故事。

据老人们回忆，1936 年 4 月，已经彻底摆脱国民党“追剿”的红二方面军第二、第六军团渡江过来，贺龙、任弼时、关向应、萧克、王震等 18000 余人的部队就分别驻扎在萨苏碧、达林、车轴、吾竹、兴隆、兴建、士汪等香格里拉沿江的 7 个渡口村子里。当时贺龙率领的一千多人的红军队伍曾经在兴隆村住过两天三夜，红军战士分别住在当地数百户人家里。

红军战士们在这里发动群众，宣传红军长征的意义，当地群众帮助红军扯布条打草鞋，筹集粮饷，军民留下了很多故事：许多伤病员在当地名医王恩亮家里得以治疗；临行前，贺龙还送给姚杰勋红缨枪枪头、砍刀、马靴里边插的刀子、酒葫芦、五角大碗等若干物件。

1936 年，时年 56 岁的姚杰勋与村里人到鹤庆采购货物。恰逢红二方面军击败了阻击的国民党军与当地土匪武装，占领了鹤庆县城。一时间，鹤庆县城到处是红军队伍。受困于县城的姚杰勋及其马队被红军团团围住，他被带到了一个骑马的红军将领面前。这个红军将领还没开始问话，就被姚杰勋老人用白族话一顿臭骂，而令姚杰勋奇怪的是，面前这个红军将领非但不生气，还面带微笑竟然用白族话说："别误会，大哥，我们是红军，不是土匪。"通过一番白族话交流，他才知道面前的这个红军将领就是大名鼎鼎的贺龙。

从鹤庆到丽江石鼓的两天时间里，姚杰勋自愿担任向导，向贺龙介绍，从丽江石鼓—巨甸这一段长达 60 多公里的金沙江河谷有 7 个渡口，并带着自己的马队与贺龙一道沿途发动乡亲们将渡船借来帮助红军渡江。通过两到三天的交往，姚杰勋感觉贺龙不仅人非常谦和，讲出来的道理也让他非常钦佩。

在姚杰勋的一再邀请下，贺龙等人与姚杰勋一道渡江来到了兴隆村。在这里，伤病员得到了当地名医王恩亮的救治，红军战士在当地进行休整。作为前卫部队的红二方面军 4 师的师部就设在李家村李老民家里，先锋 12 团的团部就设在史善修家里。史善修老人与夏润明老人曾经上山喊自己的亲人下山："共产党是好人，他们不杀人，长发妈回来，红军是好人，回来，回来……"后来临别时，一个红军战士送给了史善修老人一盏德国造的马灯。目前，这盏马灯就展示在迪庆州红博中心里。

当时，兴隆村家家户户住满了红军，村民们帮助红军筹集军粮。凡是红军住过的家里，红军都要留三五个大洋，没有粮食的家庭，红军临走之前还会放一些粮食。

据王恩赞、李金云老人回忆，当时的红军为了爬雪山要到高原，人均在村里打了 4 双草鞋，临行之际还向当地老乡收购了一些腊猪肉。

为了答谢姚杰勋老人的热情帮助，贺龙在一张蜡黄色的纸上签名书写了一段证明："中华苏维埃人民共和国，中央革命军事委员会；川、黔、湘、鄂、滇分会令；兹委任开明人士姚杰勋，积极协助全体红军采办粮饷，担任向导，安全渡江所作出的努力，以此证明昭示后人。"可惜的是，这张伴随了他 15 年之久的证明，后来丢失了。

3 天后，贺龙带领的红军要离开兴隆村了，姚杰勋的五弟姚既勋因经常往返于中甸到金沙江边，且通晓香格里拉境内几种民族语言，便担任向导将贺龙的队伍带到中甸（香格里拉）。

（来源：《春城晚报》）

4. 云南的红色景点

丽江古城四方街

四方街，位于丽江古城中心，交通四通八达，周围小巷通幽，据说是明代木氏土司按其印玺形状而建。这里是茶马古道上最重要的枢纽站。明清以来各方商贾云集，各民族文化在这里交汇生息，是丽江经济文化交流的中心。

四方街以彩石铺地，清水洗街，日中为市，薄暮涤场的独特街景而闻名遐迩。其四周 6 条五彩花石街依山随势，辐射开去，街巷相连。四通八达，交通极为便利。

古城区红二、六军团丽江指挥部旧址位于世界文化遗产丽江古城狮子山东麓科贡坊内，来到人山人海丽江古城四方街，举目环视“科贡坊”三个大字映入眼帘，沿着四方街的这个叫“科贡坊”的门楼下的巷道小街顺坡而上，向前约 100 米，红二、六军团指挥部遗址就在眼前！

1936 年 4 月 23 日，中国工农红军二、六军团在贺龙、任弼时、萧克、关向应、王震等率领下长征进入云南鹤庆，于 24 日兵分两路进军丽江石鼓。25 日，先遣红四师经辛屯率先进入丽江，开牢释囚，得到老百姓的衷心拥护。贺龙和任弼时率军经西哨、新民、西关、东关、西林瓦、漾西、五台、东元先后进入丽江古城。进城后，将指挥部设于和宅中间花园院，研究部署北渡金沙江的作战方案。并在县城召开师以上干部会议，进行政治总动员，要求部队全力以赴实现渡江计划。和进士与当时的政坛要员、文化人，在听到红军到来的消息后，把红军当作义军，积极组织动员群众前往迎接，为红军安排向导、准备船只，提供红军的各种生活所需，为红二、六军团的指挥官贺龙、任弼时等精心筹划渡江战略创造了良好的环境。使红军在面对敌人的围追堵截时，运筹帷幄，“抢渡金沙江、北上抗日”的重大军事战略得以顺利实现，在中国革命史上写下了光辉的一页。

“红二方面军过丽指挥部”即今新华街黄山下段直管公房 40、41、42 号，建筑占地面积 43.65 平方米，保护范围面积 800 平方米。此宅原为一进三院纳西民居，中间一院为花园，为清末进士和庚吉故居，目前保留了陈列室，陈列室主要有红军过丽江时使用过的部分实物和 10 多张图片。

贺龙到丽江时，居住在和进士书房。和庚吉故居为原丽江县重点文物保护单位，书房平面呈长方形，三开间，为单檐券拱顶，坐南朝北，台基高 1.2 米，中间置三级台阶，梁材隔扇均精心镂雕，是目前丽江世界遗产建筑群中独一无二拱顶建筑，与古城建筑和谐地保留至今，成为纳西族善于吸收外来文化、丰富自我的标志性建筑。现为丽江市红色旅游基地、丽江市中小学生爱国主义教育基地、丽江纳西族自治县重点文物保护单位。

迪庆州红军长征博物馆

迪庆红军长征博物馆原为藏经堂，位于香格里拉县城南端中心镇仓房街大龟山脚下，以收藏有丰富的文物典籍而闻名。1936 年 4 月 30 日，贺龙、萧克、任弼时等率领中国工农红军第二、六军团在长征途中经过中甸县，在藏经堂设立了临时指挥部。红军在中甸组织筹粮、整训期间，在此设立过中华苏维埃中央军事委员会湘鄂黔滇分会迪庆军分会，召开了具有重要历史意义的“中甸会议”。

在中甸，贺龙曾书写过“兴盛番族”锦匾，颁布过中华苏维埃中央军事委员会湘鄂黔滇分会布告，给松赞林寺八大老僧写过复信、亲自给喇嘛代表夏那古瓦等 10 多人授予过委任令。贺龙等军团首长多次亲自召见群众和喇嘛寺代表，邀请藏团、汉团和商行团代表召开座谈会，讲明共产党和红军的宗旨、纪律和北上抗日主张，保证红军不打人骂人，尊重藏民的宗教信仰，保障喇嘛寺庙和群众的安全，希望藏民帮助红军筹集粮草。在深入宣传动员之后，松赞林寺共拿出近 6 万斤青稞和牦牛肉、红糖等食物卖给红军。5 月 3 日，红军兵分两路，取道德荣、乡城进入四川。

为保留好这个具有深远历史意义的文物古迹和革命斗争遗址，1987 年云南省人民政府批准中心镇经堂为全省第三批重点文物保护单位。同年 6 月，全国人大常委会副委员长班禅大师在迪庆视察工作期间，特地给藏经堂题写藏文“中国红军长征纪念馆”。1985 年，国防部长张爱萍上将给藏经堂题词“中甸红军长征纪念馆”。1990 年，国防大学校长萧克上将题词“中甸红军长征纪念碑”。1997 年被云南省委、省政府授予“云南省爱国主义教育基地”。现红军长征纪念馆更名为“迪庆红军长征博物馆”，由国防大学原校长萧克上将题词，新馆于 2007 年 8 月 20 日建成，隶属县文化局管理。贺龙元帅的女儿贺晓明等 74 位红军后辈出席了开馆仪式。博物馆建筑面积 2400 平方米。被云南省委、省政府授予“云南省爱国主义教育基地”“国防教育基地”的迪庆红军长征博物馆对公众免费开放。

展厅里有序陈列着当年红军进迪庆时使用过的船只、枪炮、标语、文件书籍以及马灯、药箱、粮袋、水壶等生活用品，还用大量的图片介绍了长征中鲜为人知的故事。

解放军总后勤部原政委李真将军的女儿，把将军生前亲笔题写的“发扬红军光荣传统”字幅交给博物馆收藏。红军后辈们还把签有 1100 多名老红军及后辈名字的红旗赠给博物馆。

四 川

1. 四川夹金山：长征翻越的第一座大雪山

夹金山，嘉绒藏语称“甲几”，位于宝兴西北部，主峰海拔4500余米，山巅终年积雪，空气稀薄，天气变化无常。忽而冰雹骤降、雨雪交加；忽而云开雾散、群山皑皑。神秘莫测的夹金山在当地流传着“夹金山、夹金山，鸟儿飞不过，人畜不敢攀，要过夹金山，除非神仙到人间”的民谣。

夹金山是中央红军万里长征翻越的第一座大雪山。1935年6月12日下午，红一方面军一军团2师4团在团长王开湘、政委杨成武带领下，克服千难万险，终于从夹金山南麓的硗碛乡成功翻越夹金山，与正在执行任务的红二十五师七十四团的一部，在山下的达维乡的木城沟沟口地带相遇。意外的相逢，为实现中国工农红军第一、四方面军两大红军主力的胜利会师奠定了基础。

红军长征翻越夹金山纪念馆，位于四川省雅安市宝兴县县城西侧的青衣江畔。

红原因红军长征而得名，1960年由敬爱的周恩来总理亲自命名为红原县。红军长征在红原境内爬雪山、过草地、越沼泽，历时一年零两个月，镌刻下中国革命史上那段最为艰难、最为悲壮的征程，留下了长征途中海拔最高的红军烈士墓、长征过草地牺牲红军战士最多的日干乔大沼泽等宝贵的红色文化资源，以及“金色的鱼钩”“七根火柴”等动人的故事。红原县地处青藏高原东南缘，四川省西北部，阿坝州中部。居住着藏、汉、羌、回等民族4.9万余人，以藏族为主，是阿坝州内唯一的纯牧业县。

2. 长征万里险　最忆夹金山

长征万里险　最忆夹金山

卫庶　陈振凯

一头头黑色牦牛点缀在绿毯一般的山坡草甸上。7月25日，“记者再走长征路”四川段B线记者来到四川省雅安市宝兴县夹金山脚下。随着“之”字形山路盘旋，眼前美景很快被高海拔地带的寒冷缺氧、雨雾突袭取代。

夹金山是中央红军长征途中翻越的第一座大雪山，藏语意思是又高又陡的山。它位于宝兴县西北，主峰海拔4000多米，山巅终年积雪，空气稀薄，天气变化无常。当地人说，“走拢夹金山，性命交给天”。中国工农红军第一方面军强渡大渡河、飞夺泸定桥之后，1935年6月挺进宝兴，计划翻越夹金山，需要熟悉雪山的向导。

25日上午，70岁的马文礼站在硗碛乡毛泽东、朱德旧居前，讲起了父亲马登洪给中央红军当向导的故事。那时马登洪19岁，藏族名字叫莫日坚，住在夹金山脚下，是个谙熟山路的猎人。因提了一盏马灯给红军带路，红军送他一个新名——“马灯红”。

马登洪看到，“有些红军光脚板，衣服都烂了，吃不饱穿不暖”。尽管如此，战士们仍然积极乐观。他和汉人向导杨茂才送红一方面军先遣部队上山。6月12日拂晓，红军战士沿着崎岖狭窄泥路，向着山顶爬去，是日下午，王开湘、杨成武率领的先遣队翻过夹金山，与红四方面军七十四团在懋功县达维（今小金县达维镇）意外相遇，相遇的桥被称为“会师桥”。几天后，毛泽东、周恩来、朱德等也翻越夹金山，进抵达维。在达维，红一、红四方面军举行了会师大会。

翻越夹金山后，红军在长征中还翻越了梦笔山、长板山、仓德山、打古山等多座大雪山。“长征万里险，最忆夹金山”，很多老一辈革命家亲身经历过翻越夹金山的历程。位于宝兴县沿江路324号的红军长征翻越夹金山纪念馆收藏了他们的记忆——

邓颖超在回忆录中写道：“夹金山上终年积雪，山顶空气稀薄。必须在每天下午4时前走过，上下30公里，中途不能停留，否则，大风雪来了就会冻死在山上。”伍修权“曾亲眼看见有的同志太累了，坐下去想休息一会儿，可是一坐下就再也起不来了。他们为革命战斗到自己的最后一口气”。杨成武回忆说：“将到山顶，突然下起一阵冰雹，核桃大的雹子劈头盖脸地打来，打得满脸肿痛，我们只好用手捂着脑袋向前走。”

毛泽东、朱德居住地旧址，位于四川省雅安市宝兴县硗碛乡泽根村。

“夹金山、夹金山，鸟儿飞不过，凡人不可攀。要想越过夹金山，除非神仙到人间！”7月25日下午3时许，夹金山垭口，刻有“海拔4114米”的石碑旁，小金县达维红军小学学生在夏令营活动中唱起了当地流传的歌谣。

“当年红军翻越雪山，恶劣的环境带来很多困难，今天我也感受了一下。”6年级男孩文朕仕说，“我会传承红军精神，好好学习，长大后报效祖国。”

（《人民日报》2019年7月31日第4版）

3. 红军北上，朝着胜利的方向

红军北上，朝着胜利的方向

卫庶　陈振凯

在一座关帝庙前，身着嘉绒藏装的杨成红停下脚步。这座庙位于四川省阿坝藏族羌族自治州小金县两河口镇，是著名的两河口会议召开地。杨成红是小金县达维镇副镇长，也是红军长征两河口会议纪念馆兼职解说员。

1935年6月，红一、红四方面军在懋功（今小金县）会师。懋功所在的川西北人烟稀少，不利于红军的生存发展。红军接下来往哪走？6月26日，中央政治局在关帝庙里召开扩大会议，史称两河口会议。

经过充分讨论，会议通过了北上建立川陕甘革命根据地的战略方针。纪念馆里一幅巨幅油画重现了会议场景。6月28日，中央政治局作出《中共中央政治局决定——关于一、四方面军会合后的战略方针》，明确指出“在一、四方面军会合后，我们的战略方针是集中主力向北进攻”。

很快，中共中央离开两河口北上，翻越第二座大雪山梦笔山，到了4个土司管辖的“四土”地区（今马尔康市）。7月上旬，中共中央在马尔康卓克基土司官寨休整一周，继续北上。在卓克基红军长征纪念馆门前，有座名为“北上”的雕塑群像——以毛泽东为中心，展示了红军战士和藏族小红军举旗挑担跟随领袖向北进发、爬雪山过草地的场景。这一群雕，与两河口会议纪念馆里的“红军北上”雕塑遥相呼应。毛泽东曾多次讲到一个细节：红军过草地时，伙夫同志一起床，不问今天有没有米煮饭，而是先问向南走还是向北走。

方向决定成败。就在两军庆祝会师、北上方针开始贯彻之时，张国焘却进行了一系列违反党的原则的活动，反对北上。行军途中，张国焘竟另立“中央”，坚持南下，公然走上分裂党和红军的道路。后来，南下失败，张国焘才不得不再次北上。

历史以铁一般的事实证明，遵循两河口会议确定的北上方针，才有长征的胜利。小金县党史与地方志办公室主任王学贵认为，在中国工农红军长征史上，两河口会议具有重大历史意义。

在马尔康市松岗镇胡底革命烈士纪念广场上，纪念碑被命名为“北望”。遭张国焘残害的胡底烈士所凝望的，正是两河口会议确定的北上方向。

在两河口会议纪念馆里，有一座高大的毛泽东塑像，背靠青山，目光坚定。

山河无言，历史回响。

（《人民日报》2019年7月30日第7版）

2019 年 7 月 25 日，夹金山垭口，四川阿坝州小金县达维红军小学的同学们在举行夏令营活动。

两河口会议纪念馆里的“红军北上”雕像。纪念馆位于四川省阿坝藏族羌族自治州小金县两河口镇。

4. 红军走过这片草原

红军走过这片草原

卫庶　陈振凯

在儿媳妇阿尔基看来，公公侯德明的一生就是传奇，“尽管他没有做过什么大事”。站在四川阿坝藏族羌族自治州红原县日干乔大沼泽的一块石碑旁，阿尔基讲起过去的故事。那块石碑上镌刻着周恩来总理1960年为红原建县题写的“红军长征走过的大草原”10个大字。

侯德明老家在湖南大庸（今张家界），一家9口人参加红二军团，跟着老乡贺龙长征。1936年夏天，队伍到达红原境内。一天，母亲牺牲在沼泽地里，侯德明当时还年幼。后来，侯德明

太原师范学院思政部暑期实践研修培训班的学员，在两河口会议纪念馆合影留影。

掉了队，一个喇嘛收养了他。他开始学习藏语，人勤快老实，当地土司把女儿嫁给了他，因为他“人品比金子还好”。新中国成立后他当上了瓦切镇上的保管员，保管的玛瑙、珊瑚等珍贵物品，无一丢失。

2004 年因为媒体报道，湖南的家人联系上了侯德明。事后才知，长征后，一家 9 口人只活下来 3 人。2005 年，侯德明启程回湖南老家那天，镇上熟人都来送他。阿尔基至今记得，当天人山人海，大家为侯德明找到亲人高兴，又都说：你一定要回来，这儿离不开你。探亲后，侯德明很快便回来了。

在阿尔基眼里，侯德明对家人影响很大。“公公常说，年轻人遇到一点小事，不用怕，再难也没有红军过草地难。只要人品好，就像埋到土里的金子，早晚都会发光，都会有好运气。”

侯德明去世前，组织问他还有什么要求，他一样都没有提，“比起牺牲的战友，自己很幸运”。

红原县党史地方志办公室副主任贺建军介绍，许多红军战士牺牲在长征途中，红原留下“金色的鱼钩”和“七根火柴”等动人故事。1935 年 6 月至 1936 年 8 月，红军三大主力经过红原境内的雪山、草地和沼泽。艰苦岁月中，红原牧民为红军当向导，用青稞和牦牛支援红军，救助、收留了许多伤病、掉队和失散红军。

亚口夏山红军烈士墓、日干乔大沼泽、嘎曲河、色地坝和年朵坝大草地等革命遗址，是红军长征在红原的历史见证。

2003 年，红原县委和县政府在日干乔大沼泽修建了红军过草地纪念碑。这个大沼泽是红二、红四方面军左路纵队穿越草地北上的所经之路，被称为陆地上的“死亡之海”。纪念碑碑身右侧，刻着一段话——

“任何民族都需要自己的英雄。真正的英雄具有那种深刻的

悲剧意味：播种，但不参加收获。这就是民族脊梁。他们历尽苦难，我们获得辉煌。”

（《人民日报》2019 年 7 月 31 日第 4 版）

5. 我们获得辉煌　他们历尽苦难

我们获得辉煌　他们历尽苦难

卫庶　陈振凯

在四川省红原县日干乔大沼泽旁的一个山包上，俯瞰着脚下茫茫草原的是一座红军过草地纪念碑。一段碑文刻骨铭心：“任何民族都需要自己的英雄。真正的英雄具有那种深刻的悲剧意味：播种，但不参加收获。这就是民族脊梁。他们历尽苦难，我们获得辉煌。”

7 月 25 日至 31 日，本报记者参加了“记者再走长征路”四川段的 B 线采访。一周时间，到了雅安市宝兴县，阿坝藏族羌族自治州小金县、马尔康市、红原县、松潘县等 5 县市。一路上，体验了爬雪山（夹金山、梦笔山）、过草地（日干乔大沼泽），到访了两河口会议、沙窝会议、毛儿盖会议等重要会议会址，参观了红军翻越夹金山纪念馆、红军长征纪念碑总碑等场地，访问了多位红军后人和党史研究人员。三个关键词让人印象深刻：牺牲、信念、初心。

召开两河口会议的关帝庙，位于四川省阿坝藏族羌族自治州小金县两河口镇。

牺 牲

“在两万五千里的征途上，平均每三百米就有一名红军牺牲。”在著名的长篇报告文学中，王树增这样写道，世界上不曾有过中国工农红军这样的军队：指挥员的平均年龄不足25岁，战斗员的年龄平均不足20岁，14岁至18岁的战士至少占40%。在长征途中，武器简陋的红军官兵能在数天未见一粒粮食的情况下，不分昼夜地翻山越岭，然后投入激烈而残酷的战斗，其英勇顽强和不畏牺牲举世无双。

“毛泽东《长征》一诗中，5个地名4个在四川——乌蒙山、金沙江、大渡河、岷山。习近平总书记在纪念红军长征胜利80周年大会上提到的长征8个著名战斗战役中，5个与四川有关。”四川省委党史研究室巡视员周锐京说，长征历时两年，红军三大

在两河口会议纪念馆门口，参加长征的红军战士后人展示纪念材料。

主力在四川境内转战长达一年零八个月，四川是红军长征三大主力经过地域最广、行程最远、时间最长的省，是革命战略重心由南向北转移最关键的地区，是党中央在长征中召开会议最多(14次）的省，是红军长征途中开展民族工作最频繁、成效最显著的地区（如彝海结盟），是为长征提供人力、物力最多的地方，是长征中发生重要战役最多的省，是红军长征途中经历自然条件最为恶劣的地区（雪山草地）……也许，四川是长征中见证了红军最多牺牲的地方。

有一整个的家庭。红原县瓦切镇有个名叫“甲罗尔伍”的老红军，已经去世10年。他老家在湖南大庸（张家界），本名侯德明，长征期间他一家9口参加红二军团，随同老乡贺龙长征。过草地时，年幼的他眼见着母亲倒在沼泽地里。掉队后，他被红原当地喇嘛收养，近70年后重新联系到湖南亲人，才知道全家9口人长征后含他在内仅活了3人。

有一区一域的热血儿女。据阿坝州党史研究室主任肖飞统计，阿坝州有5000多人参加红军，新中国成立后还健在的仅有

梦笔山的“雪山红路”，是四川省阿坝藏族羌族自治州小金县打造的一段爬雪山体验路程。

中央媒体记者体验梦笔山的“雪山红路”。

50余人。99%的人献身了，牺牲比例之高超乎想象。据《藏族史纲》记载，“(马尔康市) 党坝地区仅少年参加红军就有72人”。马尔康市的卓克基、梭磨、本真、松岗、白湾、大藏、草登、脚木足等地，数百青壮年追随红军踏上征程。他们中大多数人再也没能回家。原中央顾问委员会委员天宝、原中央民族事务委员会藏事组组长净多孟特尔、原甘孜藏族自治州州长沙纳是其中的幸存者，被家乡人民誉为“马尔康三杰”。

有一整个建制班的战士。在海拔4800米的亚口夏雪山上，有一座我国海拔最高的红军烈士墓，其中12名红军烈士的牺牲载入史册，没有一个留下姓名。红原县党史地方志研究室副主任贺建军说：在1952年7月，解放军黑水剿匪部队西线部队进入亚口夏山，轻骑师137团在驻营地亚口夏山垭口附近发现12具排列整齐的红军烈士遗骨。据解放军141团团长唐成海判断，这12名战士应该属于红军的一个建制班。故事应发生在1936年红二、四方面军在甘孜会师后，北上经亚口夏山时受命留下阻击敌人，结果夜里遇到严寒，因坚守岗位而被冻死了。以石砌墓，用木立碑，137团官兵修了这座

卓克基土司官寨的一角。

“中国工农红军烈士之墓”。

有真诚的少数民族同胞。那个时候，敢于帮助红军要冒生命风险。中央红军经毛儿盖过草地时，找到两个藏胞向导，一个叫益希能周，一个叫扎东巴。两位都是年轻喇嘛，在甘南拉卜楞寺学经，放假回家碰上红军，主动带领红军走过了草地。1986年，邓小平与叶剑英见面时，谈起当年的藏族向导，“他们过得怎么样了？如果还活着，请一定给予他们补偿和安置”。然而，调查结果却是，在把中央红军大部队带出草地后不久，益希能周就被土匪杀害了。1956年，毛尔盖土匪叛乱，扎东巴躲进山洞，也被活活饿死了。

卓克基土司官寨，位于距四川省阿坝藏族羌族自治州马尔康县城7公里的卓克基镇西索村。

还有与红军朝夕相伴的战马。在红军翻越夹金山纪念馆里，记述了这样一个画面：红军经过宝兴县灵关镇时，铁索桥上，红一军团政委聂荣臻的战马踩入铁链缝隙，一时难以拔出。为不耽误部队过桥，只好“狠心”下令将战马推到桥下。英勇的战马也为部队作出牺牲。

“沼泽地里，每公里非战斗减员近100人。”

“长征每走一公里，就有三四名红军牺牲。”

这些牺牲者，或有名，或无名，但都是为了中国革命。

信　念

相信共产党，相信红军，相信跟着红军走就是有前途。

“为有牺牲多壮志，敢教日月换新天。”毛主席这首诗词很好地概括了红军长征精神。

长征时，红九军出版的红军报就叫《不胜不休》。

在海拔 4100 米的夹金山垭口，记者想起邓颖超在回忆录中写的：“奇寒和气压低并没有威胁到英勇红军烈火锻炼的心，浩浩荡荡的队伍都爬上了山顶。”在登夹金山时，毛泽东把马让给伤病员和体弱的女同志，负伤的王稼祥因怕战士受累坚持不坐担架。

马尔康红军长征纪念馆，位于四川省阿坝藏族羌族自治州马尔康县城 7 公里的卓克基镇。

四川省阿坝藏族羌族自治州马尔康县城 7 公里的卓克基镇西索村。

在松潘县的红军长征纪念碑碑园里，碑园党支部副书记秦成勇讲了一个“把中央党校五个教授讲哭”“也把自己讲哭了”的故事：爬雪山时，彭德怀看到一个衣着单薄的战士牺牲了，生气地质问：谁是物资管理员。后来知道，竟然牺牲者本人就是物资管理员。“管吃的会被饿死，管物资的能被冻死，有劲的被累死”，“红军战士总是把困难甚至死亡留给自己，把希望留给战友”。在马尔康党坝、木尔宗一带，有老百姓亲眼看到，长征中的红军战士，仅仅半碗糌粑，从这个战士手中传到另一战士手中，又传到其他战士手中，转了一圈，糌粑颗粒未少。因为，谁也不忍心吃。

正是在长征中，党有了核心，红军有了正确的方向。毛泽东曾多次讲道：红军过草地时，伙夫同志一起床，不问今天有没

胡底革命烈士纪念广场，纪念碑被命名为“北望”，位于马尔康市松岗镇。

有米煮饭，而是先问向南走还是向北走。小金县两河口镇一座关帝庙，是两河口会议召开地。会议确定了北上建立川陕甘革命根据地的战略方针。为推动北上，中共中央又连续召开了沙窝会议、毛儿盖会议等会议，与南下搞分裂的张国焘做了坚决的斗争。

红军长征如此曲折，而终能成功，正是因为，遵义会议和苟坝会议、会理会议以来，我们党逐步确立了毛泽东同志的领导核心地位，两河口会议以来确立了正确的北上路线，沙窝会议和毛儿盖会议等会议又坚持了北上路线。有了核心、有了正确的路线方针，中国革命才有了胜利的方向和道路。

“跟着走。”在回忆长征时，邓小平这么说。

“最重要的信念就一条，就是相信共产党，相信红军，相信跟着红军走就是有前途，相信共产党做的事情就是为穷苦老百姓好，相信共产党说的就是真理。”习近平总书记谈起长征时这样说。

初　心

共产党做的事情就是为穷苦老百姓好。

关于长征，一位叫B.瓜格里尼的意大利诗人曾这样写道：

黑夜沉沉，朦胧的黎明时分，

遥望辽阔而古老的亚细亚莽原上，

一条觉醒的金光四射的巨龙在跃动，跃动，

这就是那条威力与希望化身的神龙！

他们是些善良的，志气高、理想远大的人，

交不起租税走投无路的农家子弟，

逃自死亡线上的学徒、铁路工、烧瓷工，

飞出牢笼的鸟儿——丫鬟、童养媳，

有教养的将军，带枪的学者、诗人……

就这样汇成一支浩荡的中国铁流，

就这样一双草鞋一杆土枪，踏上梦想的征程！

正是在“梦想的征程”中，我们找到了红军将士的初心。

红军的初心，就是彻底为了人民！

红军的初心写在标语里。

要为穷人谋幸福。“参加红军打倒款子，穷人得吃安乐茶饭！”“参加红军打军阀发财人，才有衣穿饭吃！”

要为民族谋复兴。“参加红军打帝国主义，不当亡国奴隶！”“誓死不当亡国奴！”在红军翻越夹金山纪念馆里，有一首诗这样写道，“枪林弹雨无所谓，饥寒交迫更不奇”，必将“血汗浇开山河笑，天安门上挂国徽”。

红军的初心体现在行动中。

红军进入天全灵关殿（今宝兴县灵关镇）时，为不惊扰百姓，战士们在屋檐下席地而坐到天亮，秋毫无犯。在马尔康木尔宗，自己还没吃饭的红军战士把一桶糌粑和一小口袋黄豆留给老人。

红军的初心感动了土司安登榜。在红军长征纪念碑碑园已经解说了13年的秦成勇讲了一个动人的故事：安登榜出身于松潘县镇坪呷竹寺世袭土司之家，是松潘南部地区实力最强、影响最广的羌人首领。世袭土司的身份意味着衣食丰足，但安登榜却成为第一个率领族人参加红军的羌族土司头人。“他为何参加红军？就是为了不让部落百姓遭受国民党反动派苛捐杂税盘剥和各种迫害。”广大羌民也从此消除了对红军的顾虑，积极帮助和支援红军。1935年8月，时任红四方面军第四军番民游击大队长的安登榜，在北上抗日的征途中壮烈牺牲。

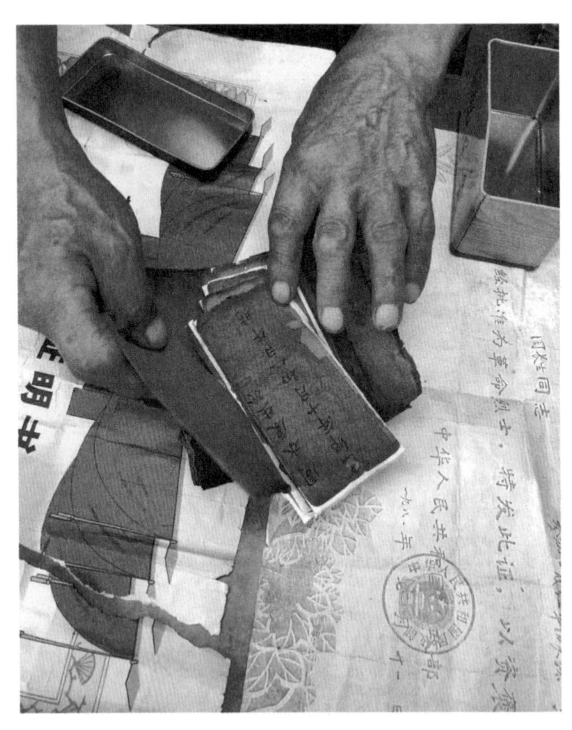
在马尔康市，长征红军后人展示历史资料。

离毛儿盖会址不远，上八寨乡阿藏村1组34号，一个阳光灿烂的下午，小时候见过红军的藏族老人罗让今年96岁了，对记者讲起红军故事仍如在眼前：红军纪律严明，拿了邻居多顿家的青稞，找不到人，就留下一块木板当借条。

红军的初心记在老百姓的心里。对于为什么那么多人愿意跟着红军走，有的甚至追几公里也要参加红军这个问题，老人罗让的回答干净利落：因为红军把人当人看，真正对穷人好。

2019年5月21日，也就是参观了江西省于都县中央红军长征出发纪念馆的次日，习近平总书记在推动中部崛起工作座谈会上问了三个问题："长征中能活下来的有多少人？红军战士靠的是什么？图的是什么呢？"

红军战士用自己的牺牲、信念和初心，回答了习近平总书记这长征三问。

（《人民日报海外版》2019年8月14日第5版）

6. 四川的长征故事

毛主席把马让给伤病员

1935年6月17日早晨，毛泽东喝完一碗热气腾腾的辣椒汤，身穿夹衣夹裤，手持木棍，与张闻天、周恩来、朱德等中央领导成员一道率军委纵队，沿着前面部队走出的又陡又滑的雪路向山顶攀登。他把马让给伤病员和体弱的女同志使用，并且说："多有一个同志爬过雪山，就为革命多保存了一份力量！"

毛泽东一行费了很大力气，走到夹金山最长的"之"字拐一五道拐时，气候骤变，冰雹劈头打来。他拉着战士的手前进，同时嘱咐大家："低着头走，不要往上看，也不要往山下看，千万不要撒开手！"一会儿，冰雹停止，但越近山顶空气就越稀薄，一些体力弱的战士一坐下去就再也没有起来。毛泽东对坐在雪地

黄河长江分水岭，位于四川省阿坝藏族羌族自治州红原县。

里休息的戴天福说：你坐在这里非常危险的，来，我背着你走。警卫员吴吉清抢先把戴天福背起，在毛泽东帮扶继续一步一滑地往上攀登。

王稼祥坚持不躺担架

因王稼祥同志身负重伤，行走不便，中央专为他配备了一副担架，让他坐着担架行军。但他深知战士跋山涉水的艰苦，只要身体稍适，能坚持行军，决不上担架，而是和战士们一起爬山过河。在翻第一座大雪山——夹金山时，同志们多次劝他上担架，但他想到的不是他自己的身体，而是想到战士抬担架爬山更艰难，坚持要骑马。行至半山腰因路很滑，马行走困难，他又下来，硬是忍着伤口的疼痛，一走一颤爬到了山顶。下山时，大家又再三劝他上担架，他仍然不肯，说："你们也太累了，我们还是慢慢地走吧！"到了险要难行的路段，他为了减轻担架员的负担，硬是支撑着下来自己走。

勇尝百草的张思德

张思德（1915—1944），四川艺仪陇县人。1933 年 12 月参加中国工农红军。同年加入中国共产主义青年团。参加了川陕革命根据地的反六路围攻和红四方面军长征。到陕北后，调任中央军委警卫营通信班长和毛泽东的卫士。1937 年 10 月加入中国共产党。1940 年 7 月，带领战士到延安以南的土黄沟烧木炭，受嘉奖。1941 年冬，参加南泥湾开荒生产。1944 年到安寨山烧木炭。9 月 5 日，因炭窑崩塌牺牲。9 月 8 日，中共中央直属机关举行追悼大会，毛泽东在会上作了《为人民服务》的演讲，称赞张思德彻底地为人民的利益工作，为人民利益而牺牲的精神。

全国海拔最高的红军烈士墓——亚口夏红军烈士墓，地处红原县与黑水县交界处的亚口夏雪山主峰海拔 4800 米左右，为了供后人祭奠、瞻仰，进行爱国主义教育，山腰处复制了一处。

在长征过草地途中，为了战胜饥饿，走出草地，完成北上任务，组织发出了“尝百草”的号召。在茫茫的草地上，野草遍

四川红原烈士陵园，守墓人罗建国。最初的守墓人是他的父亲罗大学，已去世多年。

站在四川阿坝藏族羌族自治州红原县日干乔大沼泽的一块石碑旁，阿尔基讲起曾是长征红军的公公侯德明的传奇一生。

地，毒草丛生，要尝出一种能吃的野草是很不容易的，往往是要付出很大的代价，轻者中毒，重者可能死亡。那时候，张思德在“尝百草”的活动中，总是抢在前头。见到一种草，他总是首先尝一尝，找到一种能吃的草后，马上去告诉兄弟单位。

有一回，部队来到一片水草丰盛的沼泽旁宿营。一个小战士来到水塘旁，忽然叫起来：“野萝卜！野萝卜！”张思德过来一瞧，果然离水塘不远的地方长着一丛丛野草，叶子绿，跟萝卜叶子差不多。那个小战士兴冲冲地跑过来，拔起一棵就往嘴里送。张思德忙赶上去。一把夺过来，先放到自己的嘴里，细细嚼了嚼，感到又甜又涩。不一会儿，张思德感到有些头晕脑涨，全身无力。又过了一会儿，他感到肚子一阵绞痛，随着吐出一股股清水。他急忙对小战士说：“这草有毒，快，快告诉……”没等把话说完，张思德把手中的草一扔，就栽倒失去了知觉。半个多小时以后，张思德慢慢醒来，模模糊糊地看见小战士端着瓷缸

红军长征纪念馆，位于四川省阿坝州松潘县川主寺镇。

红军长征纪念总碑被誉为“中华第一金碑”，建在松潘红军长征纪念碑碑园内元宝山顶。

沙窝会议会址，位于松潘县毛尔盖区下八寨乡的沙窝寨子。

蹲在跟前，他急忙说："不要管我，快去告诉其他同志。"

（资料来源：中共红原县委宣传部）

7. 四川的红色景点

达维会师桥

毛儿盖会议会址，位于松潘县的索花喇嘛寺。

达维乡位于夹金山北麓，距小金县城35公里。达维老街东侧300米处的河岸上，有一座至今保存完好的小木桥，这就是当年中国工农红军一、四方面军两大主力部队胜利会师的历史见证——达维会师桥。

这座桥是一座片石圆木结构的木桥，长13.6米，宽2.8米，始建于民国初年，呈东北向西南走向。桥面铺有木板，两边是木制桥栏，是该地区对河两岸群众的重要交通要道，也是著名的革命纪念地。

1935年6月12日，红一方面军先头部队红一军二师四团，克服重重困难翻越夹金山，来到与达维古镇遥相对应的半山坡上，与正执行任务的红四方军策应部队意外相逢。6月14日，毛泽东、周恩来、朱德带领党中央、军委和直属部队进抵达维，在达维桥头受到红四方面军九军二十五师所部的热烈欢迎。当晚，军委总政治部在达维古镇后山上的喇嘛寺前的一块开阔地上，举行了胜利会师庆祝大会。1961年，该桥和县城美兴镇的红军“同乐会”遗址，同时被四川省人民政府公布为省级文物保护单位和青少年爱国主义教育基地。

中国工农红军“两河口会议”会址

位于小金县两河乡境内，距县城69公里。该址原是供奉“汉寿亭侯”关羽的关帝庙。1935年6月26日至28日，党中央在这里召开了政治局（扩大）会议和政治局常委会，史称“两河口会议”。1980年，四川省人民政府将该址确定为省级文物保护单位。

亚口夏山红军烈士墓

亚口夏山（又名长板山）是红军长征途中翻越过的第三座大雪山，也是红军长征翻越次数最多的大雪山。亚口夏山红军烈士墓位于红原与黑水县相邻的大雪山上，距离红原刷经寺镇9公里，海拔4450米，为全国海拔最高的红军烈士墓。

亚口夏山终年积雪，海拔较高，空气稀薄，气候变化无常，时而烈日当头耀眼醒目，时而乌云遮天冰雹骤至，时而又狂风乍起，雨雪交加，冰崩雪塌，令人胆怯心寒，当地百姓称之“神山”，敬畏有加，少有人攀爬。但是，如此复杂的地形和险恶的环境并未阻止物资匮乏，缺衣少食，身体孱弱的中国工农红军前进的步伐，他们克服了重重困难与险阻，以顽强的毅力和大无畏的革命精神，在短短一年多的时间里，连续五次将其征服。但是不少红军指战员为此献出了年轻的生命，在雪山留下了他们的铮铮铁骨。

1952 年 7 月，中国人民解放军黑水剿匪部队西线部队进入亚口夏山。解放军轻骑师 137 团在驻营地亚口夏山垭口附近发现

离毛儿盖会议会址不远，上八寨乡阿藏村 **1** 组 **34** 号，一个阳光灿烂的下午，小时候见过红军的藏族老人罗让今年 **96** 岁了，对记者讲起红军故事仍如在眼前：红军纪律严明，拿了邻居多顿家的青稞，找不到人，就留下一块木板当借条。

一排12具排列整齐的遗骨，头北脚南，间隔相等，骨骼上看不到断裂与枪伤的痕迹，而且从骨架旁还找到皮带环、铜扣之类的军用品。经过缜密的分析研究，一致认为这是17年前长征时红军战士留下的。曾三度翻越此山的中国人民解放军141团团长唐成海判断这12名战士是个建制班，夜宿亚口夏山，因缺氧而窒息，判断为1936年红二、四方面军在甘孜会师后，北上经亚口夏山时所发生的事故。随后解放军137官兵收敛红军战士遗骨，为纪念和缅怀在亚口夏山牺牲的红军战士，以石砌墓、用木立碑，上书“中国工农红军烈士之墓”，战士们采撷鲜花，扎制花圈，在此举行了一个庄重而简单的祭奠仪式。

1961年，四川省政府将红军烈士墓公布为省级文物保护单位。1982年，红原县人民政府重建此墓。2006年5月，国务院将亚口夏山红军烈士墓列为全国重点文物保护单位。每年清明前后，红原县委均组织广大党员干部到亚口夏雪山烈士墓和位于县城城郊的烈士陵园开展祭奠活动，向革命先烈学习，继承和弘扬老一辈革命传统。

湖　北

1. 湖北：洪湖赤卫队的故乡

荆州洪湖，地处湖北省中南部，江汉平原东南端，以境内最大的湖泊——洪湖而命名，东南濒长江，与嘉鱼县、赤壁市及湖南省临湘市隔江相望；西傍洪湖与监利县接壤；北依东荆河与汉南区、仙桃市相邻，总面积2519平方公里。革命常思洪湖水，不忘初心跟党走。洪湖，是湘鄂西苏区首府、红二方面军摇篮、洪湖赤卫队故乡，这一片红色水乡，为中国革命的最后胜利贡献了重要力量。

洪湖，孕育了长征主力部队之一。土地革命时期，以洪湖苏区为核心、以瞿家湾为首府的湘鄂西苏区，是党领导创建的最早、范围最广的革命根据地之一，在中国革命史上具有重要的历史地位。湘鄂西苏区是红军三大主力之一——红二方面军的发源地。贺龙、周逸群同志创建的红四军、红六军和红二军团，是红二方面军的前身，部队主要力量诞生在洪湖地区。1938 年，毛泽东在《论抗日游击战争的战略问题》中写道：“红军时代的洪湖游击战争支持了数年之久，都是河湖港汉地带能够发展游击战争并建立根据地的证据。”

十堰郧西，地处鄂西北，北依秦岭，南临汉江，与陕西商南、山阳、镇安、旬阳、白河五县及本省郧阳区毗邻，福银高速穿境而过，是华中和西北西进东出的“桥头堡”、古漕运和茶马古道的重要驿站、古丝绸之路的重要通道。

1932 年至 1936 年，红四方面军、红三方面军和红二十五军在长征途中先后来到郧西。红四方面军于 1932 年 11 月 11 日，经郧西县三官洞到达了鄂陕交界的郧西县上津镇云岭一带。经与国民党激战后，红四方面军又越秦岭、渡汉水、经汉中入川，开辟川陕革命根据地。红三方面军于 1932 年 11 月 29 日，在夏曦、贺龙、关向应的率领下进入郧西县上津镇，在白岩寨处击溃尾追之敌。次日，红三军由槐树经关防抵达庙川（今湖北口）的东川，处决了槐树的大地主黄青山等 4 人。12 月 1 日，红三军由东川进入陕

湖北监利柳关红军无名烈士纪念碑。

西。红二十五军在郧西活动时间最长，前后逾两年，并创建了鄂豫陕革命根据地，并建立了苏维埃地方政权。1934 年冬，红二十五军从陕南商洛地区南下郧西，开辟了郧（西）旬（阳）山（阳）镇（安）红色区域。

1935 年 2 月，红二十五军主力从郧西西进，连续打击敌人，粉碎了敌军对新根据地的第一次“围剿”。5 月，中共鄂豫陕省委在郧西先后两次召开会议，对粉碎敌军对新根据地的第二次“围剿”做了重要部署。7 月，红二十五军主力离开郧西等地，继续长征。

在当年白色恐怖下，为配合地方武装，支持红军作战，创建革命根据地，英勇的郧西人民作出了巨大牺牲，涌现出了刘世让、丁敬礼、魏茂顺等一大批宁死不屈、坚定不移跟党走的优秀儿女。

2. 湘鄂西：苏区红歌唱不完

湘鄂西：苏区红歌唱不完

叶子

“洪湖水呀浪呀嘛浪打浪啊，洪湖岸边是呀嘛是家乡啊，清早船儿去呀去撒网，晚上回来鱼满舱……”这首传唱大江南北的《洪湖水，浪打浪》是许多人脑海中熟悉的旋律。洪湖地区，是物产丰饶的鱼米之乡，也是历史悠久的红色水乡。

土地革命时期，以洪湖苏区为核心的湘鄂西苏区，是中国共

产党领导创建的最早、范围最广的革命根据地之一。从湘鄂西走出来的红二军团，于 1934 年 10 月与任弼时、萧克领导的红六军团在贵州印江木黄会师，组成了红二六军团，并创建湘鄂川黔边根据地。1935 年 9 月，红二六军团开始长征，于 1936 年 7 月初与红四方面军在甘孜会师。会师后，红二六军团和红四方面军的三十二军组成红二方面军，与红四方面军共同北上，1936 年 10 月又与红一方面军在会宁会师，胜利完成了伟大的长征。

本报记者跟随再走长征路采访活动，走进湖北省荆州市石首、监利、洪湖等地，伴着一首首红色歌谣，追寻湘鄂西苏区的红色记忆。

“洪湖是个红军窝”

位于洪湖市城区的湘鄂西苏区革命历史纪念馆里，一个贺龙“借枪”的场景吸引了往来参观者。1928 年初，贺龙、周逸群奉中央之命，在监利的观音洲泊船上岸，迈出了创建湘鄂西革命根据地的第一步。

鸟枪、土炮、大刀、鱼叉、梭镖、手枪……纪念馆里陈列着当年游击队员使用的简易作战工具。《红旗日报》1930 年的一篇《沔阳苏维埃区域普遍发展》报道：“赤卫队的武装，有快枪、土枪、土炮一千以上。团防局和江防局虽有一千多枪，然震于群众威胁，不敢下乡。”

的确，洪湖民歌《洪湖是个红军窝》这样唱：“洪湖四季渔船多，洪湖是个红军窝，不怕白军岗哨紧，总有妙计踏上坡。白天上街把鱼卖，专把敌情来搜索，晚上船上把会开，群众智谋赛诸葛。游击队长把话说，如此这般把枪夺，指头几划两手一合，

湖北十堰“什么是红军”传单。

大家一起笑哈哈。”

监利县人大常委会原代工委主任李光荣告诉记者，洪湖苏区的诞生有充分的条件。在这里，鱼、虾、菱角、野鸭等可作为重要的物质补给，就不怕敌人包围封锁，而天然的湖区地理没有高山峻岭的阻隔，可施行迂回穿插，是游击作战的绝佳地带。

“共产党教导记心头”

在洪湖瞿家湾和监利周老嘴，都有一条狭长的老街，青石路两侧，是白墙黑瓦的徽派建筑。漫步街头，湘鄂西革命军事委员会旧址、中共中央湘鄂西分局旧址、湘鄂西省交通部旧址等牌匾纷纷映入眼帘。这里都曾是湘鄂西苏区首府所在地。

监利县革命历史博物馆馆长龙敏接受本报采访时表示，1930

年 7 月，红四军和红六军在公安境内胜利会师，合编为中国工农红军第二军团。中共湘鄂西特委、湘鄂西联县政府等成立，标志着以洪湖地区为中心的湘鄂西革命根据地正式形成。

在湘鄂西革命根据地，红军的纪律严明、军民的鱼水深情至今为人们所津津乐道。在周老嘴镇老正街湘鄂西省委旧址，周老嘴镇逸群小学的退休教师夏昌言向记者讲述了“贺龙买马”的小故事。当年，一位外地客商卖剩一匹难以驯服的马，提出若有人能将其驯服，便将原本值 80 元的马匹以 40 元的价格卖出。众人看热闹之时，人群里走出一位高大魁梧的人，提出要试试看。不到一个时辰，这匹马就全没了野性，服服帖帖地驮着它的新主人回来了，这个人就是贺龙。穿着便衣的贺龙坚持以 80 元的原价买下这匹良驹，并且嘱咐外地客商以后要往根据地多贩些这样的好牲口。

“大马刀，红缨枪，我到红军把兵当，革命纪律要遵守，共产党教导记心头。爱护老百姓，到处受欢迎；遇事问群众，买卖讲公平；一针和一线，不损半毫分。”当年，段德昌在湘鄂西苏区编写的这首《红军纪律歌》，通俗易懂，深受红军官兵欢迎。

夏昌言说，贺龙等红军将士深知人民疾苦，不拿群众一针一线，身体力行帮群众解决困难，践行军民一心的原则，因此人民群众对共产党都十分支持。

在石首桃花山，记者看到了远近闻名的“红军树”。这三株亭亭如盖的黄芯树下，红军曾宿过营、练过兵，还在树上写过“中国共产党万岁！”“中国工农红军万岁！”等革命标语。桃花山镇李花山村村民刘克树从 1988 年其父去世后开始守护红军树，至今已有 30 余年。每天醒来脸一洗牙一刷，刘克树就来查看树的情况。他告诉记者，他会坚定守护红军树的信念，让红色基因在老区人民身上延续，让青年娃娃不忘历史和初心。

（《人民日报海外版》2019 年 8 月 7 日第 2 版）

3. 红军传单，用生命守护

红军传单，用生命守护

叶子

“红军是工人农民的军队，红军是苏维埃政府指挥的军队，红军是共产党人领导的军队……红军与穷人关系特别亲……”这是 1934 年红军印发的《什么是红军》传单上的内容。一张红纸上，476 个字清晰可辨。每每读起，李登科都按捺不住自己激动的心情。

李登科是湖北省十堰市郧西县的农民，他的爷爷李玉才是一位老红军。“奶奶经常给我讲，所以我记在心里面。当年红 25 军来我们这发展红色政权，爷爷知道红军是为穷人翻身的，坚决参加了红军。”李登科告诉记者，爷爷脑筋比较灵活，表现突出，三四个月后就被任命为特务班副班长。

1935 年，李玉才回家的时候，遭到地方反动民团的抓捕。他将缝到衣服里的红军传单撕下来交给妻子刘立英，反复交代她：“红军是给穷人打天下的，你要相信红军。”“你要拿生命担保，只要有一口气在，就要保护好它。”

刘立英虽不识字，不知道传单上写的什么，但她知道红军是

好人，这是红军发的传单，便决心将它保存下去。“小时候我见过奶奶身上的伤疤，多少次拷打和审问，她都没承认过。”李登科说。

在白色恐怖的岁月里，在国民党反动军队和地方反动武装的反复搜查中，刘立英将这张传单夹在家谱里，藏到房檐上，严密保存，即使经受严刑拷打也没交出来。如今，李登科家里保留着一张原比例的红军传单复制件，这是他家的传家之宝；传单原件则保存在郧西县档案馆，成了县里的宝贝。

郧西，地处鄂豫陕交界处，南临汉江天险，北靠秦岭山脉。原郧西县史志办主任李仁喜告诉记者：红 25 军离开鄂豫皖革命根据地后，来此时力量薄弱，先召开了郧西会议，做出了建立新的根据地、迅速扩大红军等决定，随后又召开了万人参加的军民大会，说明红 25 军为什么到此来、红军是怎样的军队等，许多人当天就参加了红军。

据统计，郧西县 2409 名烈士中，半数以上是在保护红军、支援红军中牺牲的。正是有了当地穷苦百姓的支持，红 25 军在鄂豫陕革命根据地充实了力量，来时部队 2500 余人，只用 7 个月的时间，就发展到包括地方游击师、抗捐军在内的 6000 多人。

郧西县关防乡二天门村前村支书贾开化说：当时二天门村 78 户有 76 人参军，最多的一家五口全部参军。“当年红 25 军来时，没到老百姓房子里去，大家知道红军是文明的军队，是穷人自己的军队。”

红军是穷人自己的军队，这句话也一直在郧西县村民丁祥根的嘴边重复。丁祥根的爷爷丁敬礼就是在军民大会当天参加了红军组织的“抗捐队”，后成为地方游击队的骨干成员，最终却牺牲在反动民团手中。丁敬礼读过书，曾任过镇苏维埃政府的宣传委员，红军发布的政策和主张，他看在眼里记在心上，便自己编了一首歌，走村串户地唱给大家听。

“打富救贫，打富救贫，我们有了自己的土地自己能享受，吃得饱穿得暖，红军是穷人自己的军队……”如今，丁祥根仍然记着几句歌词，他这样唱道。

（《人民日报海外版》2019 年 8 月 28 日第 2 版）

4. 湖北的长征故事

红军树守树人

刘克树，1952 年 12 月出生，1973 年 10 月加入中国共产党，桃花山镇李花山村 1 组人。历任李花山村村长、镇直林场场长、镇福利院院长，1988 年 6 月父亲刘道明去世后开始守护红军树至今。

刘克树的父亲刘道明，原桃花山苏维埃政府主席，每次战斗前都要经过红军树下。刘克树小时候经常听父亲提起红军树，那时红军树的大小与现在差不多，只是现在的枝叶更茂盛一些。“父亲对红军树的感情很深，因为他坚守着一个革命信念。”刘克树表示，他现在也坚守着一个信念，就是将红军树守护到底，将革命先烈的革命意志守护到底。“我的名字是父亲给我取的，其中一个‘树’字就是为了纪念红军树。”刘克树的家庭与红军树结下了不解之缘，他不但要坚定永远守护红军树的信念，还要让自己的后代担起守护红军树的责任，让他们也能了解红军革命的光荣历史。

30多年如一日，从1998年至今刘克树从未离开片刻。每天早上一起床，他就来到红军树下，看看红军树有没有什么变化，平时经常给树木浇水、剪枝、除虫，隔一段时间就会把树木旁边的杂草清除干净。每天晚上，他就在纪念园门房过夜，“看着它们我才安心”。

1988年，石首市民政局决定将当时的红军树亭纳入管理建设范围。关于看护红军树的人员，人们一致推荐刘克树是最佳人选。于是，刘克树毅然离开当时任职院长的桃花山镇石华堰福利院，来到红军树下。

当时的红军树驻地除了有个小亭子和院墙外，其他一无所有。为了精心看护红军树，刘克树和老伴一起搭了个简陋的窝

湖北石首红军树。

棚。每天，他都要在红军树下清扫垃圾、整理院落，并热情迎送各地来此参观的游客。每年节假日，他还受聘为青少年担任义务讲解员。至此，他专职担任了红军树的守护人。这一守，就是31年。

2006年，桃花山镇党委、政府接受由刘精松上将和贺龙之女贺捷生引荐的香港银基集团的捐赠，决定兴建桃花山革命烈士纪念园。在捐赠现场，刘克树第一次见到了刘精松上将。经镇干部介绍，刘上将主动招呼守树老人刘克树，并热情地与他握手攀谈。刘上将拍着刘克树的肩膀郑重地说："老刘啊，红军树是国宝，管理它责任重大，你一定要守护好啊！"

桃花山革命烈士纪念园将帅陵长眠着贺龙元帅和石首籍开国将军的英灵。近年来，将帅后人经常专程来此扫墓、吊唁。每一天，刘克树都要精心打扫墓园，让将帅后人和游客们有一种清爽如意的感觉。将帅的墓冢成两排安卧在纪念园西侧的高地上，墓前均放置着鲜花和其他祭奠物品。这些年，经常来此举行祭奠活动的将帅后人除贺龙元帅之女贺捷生外还有：开国将军王尚荣中将之子王允刚少将，成钧中将之子成克、成晓丹、成和建、之女成小茜，顿星云中将之女顿云润、顿伊利、之子顿耀晋、顿耀南、顿晓武、顿晓陆，傅传作少将之女傅海玲、傅亚蓉、之子傅海涛，廖述云少将孙子廖学军，周长庚少将之子周晋进，胥治中少将之女胥晓奇，周九银少将儿媳董江南、孙女周阳阳等。每当祭奠仪式结束，将帅的后人总忘不了与刘克树握别，纷纷对刘克树老人的工作表示肯定，并表示谢意。

2016年春节，顿星云将军和傅传作将军的后人从北京专程驱车来桃花山祭扫陵墓。在刘克树老人的接待和主持下，他们按照家乡习俗举行了隆重的祭扫仪式。事毕，他们热情向刘克树老

人赠送了慰问品。刘克树连连推辞，并说这是我应做的工作。他们感激地说："您为我们先辈守陵，是我们的大恩人，我们应该深深谢谢您！"一番话，说得刘克树热泪盈眶。

守护红军树31年，刘克树虽然日常生活清贫单调，但精神世界充实而富有。他说："只要我还活着一天，就要为红军树竭尽全力守护一天。红军树就是我的生命。我把这一生献给了红军树，无怨无悔！"

守好红军树是刘克树此生最大的心愿，因为红军树革命遗址，这个偏远的小山村也发生了巨大的变化，他清晰地记得，31年前，这里只是一个简陋的木制红军树亭，来访的人少之又少。如今，凉亭变成纪念园，游客络绎不绝。路通了，宽带入户了，环境好了，这个不起眼的偏远小山村，如今声名鹊起，成为全国万村千乡百县特色旅游示范乡镇。这里还将红色旅游与新型城镇化建设有机结合起来，全年游客量超过200万人次，旅游收入过亿元，农民年人均纯收入过万元。生活在变化，初心却永不改变，革命的红色基因依然在老区人民身上延续，刘克树和他守望的红军树还将继续成为这里最独特的风景。

贺龙的故事

讲述人：夏昌言

贺老总（贺龙），他是在1928年10月根据中央指示，随同周逸群、段德昌等领导人，来到监利建设湘鄂西革命根据地。当时，贺龙一行人从监利县观音洲上岸，开辟根据地。由于原中央军委首府瞿家湾发了洪水，最终于1931将中央军委首府搬到了周老嘴镇。

那么为什么要选择周老嘴镇呢？第一要说地理因素。在当时，周老嘴因为地理优势，是一个很繁华的地方：作为一个集市，周老嘴镇吸引了东南西北各村的市民前来赶集，是一个中心集市点。第二就要说到交通因素。以前的周老嘴镇，一条河直通到汉口，也就是现在说的武汉，同时，不只水路，陆路也十分便利。人员的密集和交通的便利让周老嘴镇有了“小汉口”之称。第三点，也是最为重要的一点，那就是周老嘴镇具有良好的群众基础，人民群众对于共产党的到来都十分支持，而这种支持也是有原因的：当时，国民党将“128师”驻扎在周老嘴镇。由于不端正的行为作风和对人民利益的漠视，这支管教不严的“128师”在周老嘴并没有获得群众的认可。而深知人民疾苦的贺龙一行来到之后，可以说是践行了军民一心的原则，不拿群众一针一线，身体力行帮群众解决困难，为人民说话。就这样，良好的地理、交通以及群众因素，造就了周老嘴镇这一革命根据地。

年幼时的我，通过老人的讲谈了解到贺龙在周老嘴镇的一件趣事。原先的周老嘴有一个从福田寺搬过来的红二军团被服厂，那年冬天，被服厂里两位同志在向军团汇报被服厂工作时，贺龙提到了给全军指挥员做棉衣的事，回到厂里的两人因为惦记寒冬季节里贺龙穿着那套经历了跋山涉水、补了又补的棉衣，心疼不已，于是到保管室里选定了当时仅有一件的灰色竹布（当时又称洋布）料，为贺龙做了件新棉衣。然而在交给贺龙之后，贺龙并不满意，两位同志心悸之时，贺龙开口了：“在待遇上，应该官兵一致不应有等级差别。这是我军能够上下团结一心，夺取胜利的基本保障。”临别之时，贺龙感激了两位工人的好意，并且拿了一套普通的棉衣走了。两位工人对此感动不已。这两件小故事，让幼时的我了解到了贺龙的英勇、接地气以及对人民群众的体恤。

贺龙的接地气是处处都可以体现出来的。在成为军长之后，贺龙与人民群众交流时，了解到大伙儿喜欢称他为贺老总，他对大家说，不要喊他贺老总，就喊“贺胡子”，这样有意思的称呼不仅接地气，还拉近了与人民群众的距离。除此之外，贺龙十分亲近小孩儿，见着街上的小孩就去抱一抱，给颗糖吃，大家都喜欢这样平易近人的贺龙，小孩儿们也亲切地称呼他为“贺爷爷”。这样亲切的贺龙谁不爱戴呢？相比当时高高在上的国民党军官，共产党可谓是将“军民鱼水情”体现得十分透彻了。

正是有像贺龙这样的革命家一心为民，为人民战斗，我们才能享有今天这样的美好生活，因此我们更不能忘记这些先辈的努力，要不忘初心，砥砺前行。

黄新廷中将金沙江寻粮

讲述人：黄天晓

1936 年 3 月底，红军总部电令红二、六军团北上抢渡金沙江，与红四方面军会合。此时，22 岁的黄新廷被任命为红二军团四师十二团团长。

黄新廷率前卫团十二团昼夜急行，于 1936 年 4 月 7 日到达普渡河东岸。普渡河是红二、六军团长征中从元谋渡金沙江的首要关口，能否赶在敌人前面控制渡口关系重大。经过一番激战，他们成功地渡过普渡河。但由于红军过普渡河从龙街抢渡金沙江的意图已被敌人察觉，他们接令立即撤离，声东击西，转头佯攻昆明。云南军阀龙云慌了手脚，急调在普渡河一线防守的部队进驻省城。

总指挥贺龙乘敌人忙于回援昆明之际，挥师西进，在富民、赤鹫渡过了普渡河，一路向西，暂时甩掉了追兵。

十二团一路披荆斩棘，到达丽江，略作休整，赶至金沙江边石鼓镇。查明敌情与渡口水文情况，黄新廷带领十二团经上游5里外、江面较窄的木瓜寨渡口，用仅有的一条渡船巧渡金沙江，并继续作为军团前卫，沿江北上。

与红四方面军甘孜会师后，中央宣布由红二军团、红六军团与红三十二军组成中国工农红军第二方面军。过草地时，黄新廷的红十二团又奉令成为全军后卫，负责收容工作。向来日行百里的十二团，在草地一天只能走三四十里。

随着粮食逐渐紧缺，寻粮成为部队的首要任务。

黄新廷带领部队，在打过的秸垛中，一颗颗搜捡那些遗落的青稞粒。幸运的是，在一个村庄里，他在一个没有牛的牛圈里的牛粪下，挖出满满一坛青稞。部队总共找到200公斤青稞——对一个团而言，虽然很少，却是珍贵的救命粮。黄新廷命财务员把40块银圆埋进坛子里，才回到部队。红十二团寻粮立即名声在外。

有的部队没有找到吃的，黄新廷就主动把少得可怜的粮食匀出一部分，给兄弟部队。

部队行进过程中，黄新廷规定：每人每天不得超过二两青稞粉，吃粉必须与野菜掺在一起；下粉数量由值班干部统一掌握，野菜能否吃由团里决定。

被饥饿折磨的十二团，后来每天只能走20里。1936年8月18日，当他们吃力地翻过一座小山，眼前突然一亮：那是一片房屋、麦地，还有久违了的炊烟！他们终于走出草地了，这才有了一个休整的机会。

“长征，对我们这一代来说，也许过去太久，以至于一部分年轻人对这段历史没有一个清晰的概念。”黄天晓说，关键是，他们走的不是平地，爬雪山过草地、前有围堵后有追兵，身穿单衣，鞋底都磨穿了，脚上都是血泡，还要忍饥挨饿。

说到红军长征途中挨饿，黄天晓还提到了“大白马”的故事。

黄新廷当时有一匹大白马，骑在马上的都是伤病员，他自己跟在马后面走。这匹马也立了大功，救了很多原本可能坚持不下去的红军战士。

当时，战士们每人每天二两青稞粉加野菜，行进却要消耗那么多体力，个个瘦得皮包骨头。

快要走出草地前两天，部队彻底断粮，很多人情绪很低沉。黄新廷为了想让大家能有东西吃，提出要不要把大白马杀了。结果，战士们站出来保护这匹马，说这匹马是他们的救命恩人，绝不能吃，而且马活着能救更多人。

“我相信这些事情一定给我爷爷留下终身记忆。他多次重新走过长征路，去看看以前战斗过的地方，也是他的很多战友离开人世的地方。”黄天晓说，爷爷也经常教导子孙吃饭一粒米都不要剩下，“这一粒米对于现在的我们可能不算什么，但对于有的人来说，就是活下去的希望”。

提及当时的战斗经历，兄弟俩背诵了黄新廷写过的一首诗：“枪有两支哑一半，三发子弹一粒算。缺枪少弹性命换，当年就是这么干。”在他们看来，红军长征既是在与敌人较量，也是在与自然、与自己的意志较量。

“舍生忘死，无私奉献。”提及长征精神，黄天晓坦陈，随着对这段历史了解的逐渐深入，才越加明白先辈们的初衷：他们不是为了自己，而是为了一个伟大的理想——希望全天下的穷人吃好穿暖，不再被土豪地主压迫，正因为有了这个信念，他们才能忍常人之不能忍。

（来源：《中国青年报》）

红军传单的故事

讲述人：李登科

这是一张历经烽火岁月的宣传单，如今上面的字迹依然清晰可辨。“长征是宣言书，长征是宣传队，长征是播种机。”这张《什么是红军》的宣传单，15行不足500字，语言通俗易懂，将红军的宗旨、任务及有关政策，阐述得一清二楚。

鄂陕交界的湖北省十堰市郧西县，素有“秦之咽喉，楚之门户”之称，也是红二十五军长征途中创建鄂豫陕革命根据地的核心区。记者一路走来，追寻这张红军宣传单背后的长征故事。

“红军一到那地就没收土豪的粮食东西分配给穷人，帮助穷人免除一切捐税，不交租不还高利贷。”15行不足500字，浅显易懂，这张已有些褪色的宣传单背后，承载的是红军长征的记忆。

1935年2月，红二十五军在郧西召开万人军民大会，红军“打土豪、分田产”的主张赢得了在场群众的支持，许多人当场报名参加红军，其中就有徒步20多里来到会场的李玉才。“红军是穷人的队伍，我爷爷信任红军，坚定地跟着红军。”李玉才的孙子李登科说，爷爷因为头脑灵活、打仗机警，四个月后成为一名副班长。然而，就在此时，他接到妻子刘立英的口信：母病重，速归。“拿好这张宣传单，回到家乡后，讲给你信任的人，继续扩大红军力量。”与红军分别之际，上级给李玉才留下了这张宣传单。一路上，为了躲避反动民团的搜查，李玉才将宣传单缝在衣服的夹层里。到了家中，面对日益严酷的白色恐怖，他将宣传单交给妻子，自己躲进深山密林。“你要用生命担保宣传单，不能透露它的下落。”临行前，李玉才嘱咐。刘立英用布将宣传单包好，藏到房檐的缝隙处，还用砖头将缝隙封了起来。李玉才离家后，反动民团为了找到这张宣传单，将刘立英吊起来打、用锥子扎，但她坚决没说宣传单的去处。每次看到奶奶身上的累累伤痕，李登科都能感受到，这个不识字的农村妇女的坚贞。

1981 年，刘立英将保存一辈子的宣传单，交给了郧西县委原党史办，了却了这桩近半个世纪的承诺。

（来源：共产党员网）

一名“抗捐队”宣传委员对红军的信仰

讲述人：丁敬礼

1935 年，丁敬礼为了反抗地主的压迫，参加了红军组织的抗捐队，因为读过书，他担任了宣传委员。《什么是红军》讲述的红军政策，让他看在眼里，记在心上。

“红军到来之前，穷人都吃不好穿不好，并不是那一代人没用，是那个年代国民党的政策坏，把老百姓剥削成那个样子。”丁祥根从小就听爷爷的故事，对于贫穷，也有着自己的人生体会。“打富——救贫哎，打富救贫哪……”丁祥根模仿着，唱起爷爷当年自编的红军歌谣。穿过嘹亮的歌声，我们仿佛看到了当年丁敬礼对红军那份“铁杆粉丝”的模样，他走村串户，把红军精神的内涵，唱给父老乡亲们听。丁敬礼还把自己的大儿子送到红军队伍中去，跟随主力部队一路长征北去。丁敬礼的活跃宣传表现，也传到了反动民团的耳中，他成了敌人的眼中钉、肉中刺。1935 年 7 月，红军大部队北上后，丁敬礼不幸被抓。为了封锁红军宣传的主张政策，反动民团将丁敬礼迫害致死。而直到丁敬礼牺牲的那一刻，他也没有改变自己对红军的信仰。

如今，丁祥根的儿子丁家贵，早已是一名共产党员，作为村干部，他正在为脱贫攻坚决战，发起新一轮的冲锋。

（来源：共产党员网）

5. 湖北的红色景点

湘鄂西苏区革命烈士陵园

湘鄂西苏区革命烈士陵园是“全国重点烈士建筑物保护单位”“全国爱国主义教育示范基地”。全园占地面积 40 公顷，园内苍松翠柏成林，植被茂盛、风景宜人、环境优美。陵园拥有九大主体建筑：湘鄂西苏区革命烈士纪念馆牌坊、贺龙元帅全身铜像、湘鄂西苏区革命烈士纪念碑、烈士墓墙、红军墓、湘鄂西苏区革命历史纪念馆、湘鄂西苏区革命烈士纪念馆、国防教育园和 3D 红色影视教育厅。通过全景画、声、光、电、影等高科技手段，展示了土地革命战争时期湘鄂西苏区史实，概括而生动地再

现了湘鄂西人民革命斗争的光辉历程；书写了激昂的革命诗篇，树立了不朽的历史丰碑；形成人文景观与自然景观并存、缅怀与教育并重的红色游览圣地。

柳直荀烈士纪念馆

柳直荀烈士纪念馆位于湖北省监利县，坐落在镇西侧的心慈庵，苍松耸拔，翠柏滴绿。柳直荀烈士纪念馆馆名题字人为李铁映，原中央政治局委员、国务委员、全国人大常委会副委员长。其父亲是李维汉，是继毛泽东后的第二任湖南省委书记，与柳直荀是同乡、同事，曾任中央政治局常委、统战部长。柳直荀雕像以柳树作为背景，凸显出柳直荀的朴实、平凡。正如李淑一所说："直荀确似柳树。柳树，姿态平凡，枝条柔曼，颜色青翠，身影朴实，令人喜爱。"墙面的浮雕概括了柳直荀短暂而不平凡的一段经历：1924 年入党，任湖南省农民协会秘书长。"马日事变"后组织工农武装攻打长沙，后参加南昌起义。1929 年任中共长江局秘书长、中央军委特派员兼中共湖北省委书记。1930 年到湘鄂西苏区，参加创建红六军。1932 年被"左"倾机会主义者错杀。毛泽东曾作《蝶恋花·答李淑一》词，对柳直荀寄托无限哀思。柳直荀与毛泽东、周恩来、贺龙等叱咤风云的人物并肩战斗，最后倒在这片他曾亲自参与创建的土地上。

周老嘴老正街

周老嘴镇位于监利县北部，洪湖西岸，距今有 1200 多年的历史。此地由于该地的地形似嘴，最早有一姓周的老翁在此摆渡，故而得名周老嘴镇。在周老嘴的老街上至今仍保留着明清时期的街道及建筑。

老正街始建于明朝，兴盛于清代。1928 年 1 月，随着贺龙在荆江两岸年关暴动的枪声，一批中国共产党的重要人物、红军的高级将领，先后会聚于此，创建了红军三大主力根据地之一的湘鄂西革命根据地，并组建了红军三大主力军团之一的红二军团。随着根据地的巩固和发展，1931 年 12 月及次年 1 月，湘鄂西革命根据地第三次工农兵贫民代表大会和第四次党代会在周老嘴胜利召开，正式成立了湘鄂西省苏维埃政府和湘鄂西省委员会。至此，周老嘴便成为湘鄂西省的政治、经济、军事和文化的中心，红二军团和湘鄂西省的重要机关和部门都设在绵延千余米的古镇老街上，当年的周老嘴是家家住红军，户户设机关。古镇老街现保留有湘鄂西省苏维埃政府、中共湘鄂西省委员会、湘鄂西省政治保卫局等 48 处旧址，被国务院公布为全国第三批重点文物保护单位，周老嘴古镇老街现已成为中国历史文化名镇、全国爱国主义教育示范基地、全国百处红色旅游经典景区和湖北省国防教育基地等众多荣誉于一身。

监利县周老嘴湘鄂西革命根据地纪念馆

湘鄂西特委旧址纪念馆位于监利县北正街 229 号，是一栋清代中期建筑，其建筑古朴典雅，属典型的徽派建筑风格。此前，这里是方松泰的商号（杂货铺）。1930 年 9 月 22 日，贺龙率红二军团在江陵、石首、监利等十万农军的配合下攻克监利县城，在攻城后的 9 月 24 日，红二军团前委与鄂西特委在此召开了联席会议，正式成立湘鄂西特委，这就标志着以监利为中心的湘鄂西革命根据地正式形成。由于这一特殊的历史地位，1992年，该处旧址被湖北省人民政府公布为湖北省文物保护单位。2012年文物部门对这处旧址进行保护修缮与陈列布展。现在的特委旧址纪念馆陈列包括两个部分：其一是位于一楼的监利历史文化陈列，其二是位于二楼的与此处旧址相对应的革命史实陈列。

监利县周老嘴湘鄂西革命根据地纪念馆，以洪湖为背景，生动再现了土地革命战争时期贺龙、周逸群、邓中夏、段德昌等老一辈无产阶级革命家，开创以监利为中心的湘鄂西革命根据地的光辉历程。周老嘴革命旧址群大都坐落在延绵千余米的古镇小街两旁。古镇小街的房屋始建于明、清两代和民国初年，均为前后多进的砖木结构民宅。其建筑风格古朴典雅而独具江南特色，现已集革命旧址群、古建筑群于一体，极富历史、艺术、科学价值和革命纪念意义。

瞿家湾湘鄂西革命根据地旧址

瞿家湾湘鄂西革命根据地旧址是全国爱国主义教育示范基地，位于湖北省洪湖市西部的瞿家湾镇，距洪湖市区55公里，距武汉市140公里。洪湖是第二次国内革命战争时期湘鄂西革命根据地的中心，洪湖市瞿家湾是湘鄂西苏区首府所在地。1927年至1934年，以贺龙、周逸群、段德昌为代表的革命先驱，在中国共产党的领导下，坚持武装割据，浴血奋战，创建了以洪湖苏区为中心的湘鄂西革命根据地。鼎盛时期，湘鄂西革命根据地曾覆盖58个县市，拥有2万正规红军和近5万地方武装，是第二次国内革命战争时期割据范围最大的三块红色根据地之一，是参加长征的三大主力红军之一的红二方面军的诞生地。它为积蓄和发展革命力量，并最终夺取全国胜利作出了重大贡献。它在中国革命史上开创了水上游击战争的光辉范例，由此，毛泽东同志在他的《论抗日游击战争的战略问题》著作中评价道："红军时代的洪湖游击战争支持了数年之久，都是河湖港汉地带能够发展游击战争并建立根据地的证据。"中国人民的老朋友，已故的新西兰进步作家路易·艾黎曾满怀深情地两度参观访问瞿家湾，将他写的《洪湖精神》弘扬于世界。

洪湖瞿家湾湘鄂西革命根据地旧址共有现代重要史迹及代表性建筑39处，它们大部分集中于瞿家湾镇红军街（老街）和沿河路街道南北两边，其余散布在附近村湾。旧址群现存建筑最早建造年代为公元1496年，传统建筑规模18000平方米，完好程度95%。古建筑多为清末民初以民居建筑，具有典型的江汉平原水乡小镇特色，穿斗式土木结构、单檐硬山、灰墙玄瓦、高垛翘脊，装饰精巧，形成了独有的古朴韵味，具有朴素的美感和较高的艺术价值。

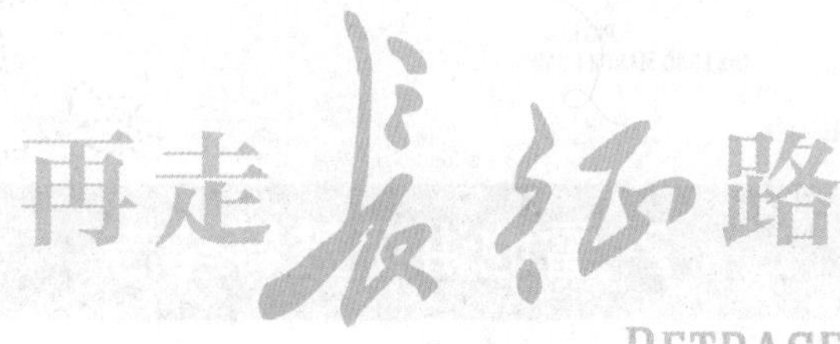

陕　西

1. 陕西甘泉：雪地会师的旧址

甘泉县属于陕北黄土高原丘陵沟壑地带，地处陕西省延安市中部，为半湿润内陆性季风气候。总面积 2284.7 平方公里，全县耕地总面积 60.9 万亩，林草覆盖率达 78.4%，其中森林覆盖率为 50.5%。

甘泉因城西南 5 公里处神林山麓有泉水而得名，素称“美水之乡”。西周即有史载，秦置雕阴县，北魏初置临真县，唐武德元年置伏陆县，天宝元年改甘泉县。名胜古迹有秦直道遗址、隋炀帝赐名的“美水泉”、唐代建筑白鹿寺、千年银杏树、宋代古墓群等。

2019 年 3 月，被列为第一批革命文物保护利用片区分县名单。

2. 雪地讲话鼓舞斗志

雪地讲话鼓舞斗志

本报记者　杨俊峰

“爷爷告诉俺，他心里一直记着毛主席在雪地里给红军讲话的情景，直到去世。”今年 83 岁的贾生贵老人对记者说。贾生贵是陕西省甘泉县象鼻子湾村村民，从爷爷贾有旺到他这一辈，三代人一直生活在这个陕北小村庄里。

象鼻子湾村的名字取自它背靠的大山，从特定角度看，山的形状酷似大象的鼻子，村子因此得名。

那个时候的象鼻子湾村，是一个藏在大山中少人问津的小村落，村里只有七八户人家。1935 年 11 月初，安静的村子忽然热闹起来。

“爷爷跟我说，一支身穿灰色军装的队伍来到我们村驻扎休整，他们的帽子上都有红色的五角星。”贾生贵说，“爷爷说部队在村口的大树前开了一个会，一位湖南口音的领导站在土台上给大家讲话。俺爷爷没上过学，听不懂说了些啥。只记得当时的雪好大，特别冷，很多红军战士衣衫单薄，有的战士裤腿上的布都是一条一条的，根本遮不住寒，但他们腰板都挺得很直，眼睛里放着光。”

当时和村民一起旁听的贾有旺并不知道，他眼前的这支部队，是刚刚走过了艰苦卓绝长征路的中国工农红军；给战士讲话的，就是毛泽东。

“毛主席的讲话对红军二万五千里长征进行了总结，阐述了它的伟大意义。”甘泉县党史办原主任史云楼介绍说，“毛主席在讲话中要求全党加强团结，共同完成中国革命的伟大使命，开创中国革命新局面。”

（《人民日报》2019 年 8 月 10 日第 7 版）

3. 甘泉的长征故事

劳山战役

1935 年 7 月，国民党军对陕北、陕甘边革命根据地的第二次“围剿”刚刚粉碎。9 月，蒋介石成立了“西北剿共总司令部”，亲自任总司令（张学良为副总司令），坐镇西安，掀起第三次反革命“围剿”。首先从抗日前线调动东北军的 7 个师分两路向苏区进攻：一路以六十七军军长王以哲率领 3 个师，从西安由南向北进攻；另一路以五十九军军长董英斌率 4 个师在甘肃的合水、庆阳一带集结，由西向东进犯；同时命令驻守陕北的井岳秀和高桂滋的 4 个师由北向南推进，加上宁夏马鸿逵的三个骑兵团连同原来参加“围剿”的军队，总兵力达 15 万人，形成南、北、西三面夹击之势，企图一举消灭红军和革命根据地。15 日，王以哲率军部及一一〇师何立中部、一二九师周福成部进驻肤施县（1936 年 5 月后改为延安县）。

18 日，红二十五军与陕北红军会师成立了红十五军团，19 日，研究制定了反“围剿”的作战计划，指挥部决定，先打南线

对我军团威胁较大的东北军。在战术上采取“围城打援”的办法，派少量部队包围并佯攻甘泉县城，引诱肤施守敌出援，在延安和甘泉之间的劳山一带歼敌援军。

23日，红十五军团到达甘泉的王坪、油粉村一带，24日，徐海东和刘志丹同志率团以上干部来到劳山附近观察地形，认为从劳山到白土坡一带有利于打伏击战。当即决定，在劳山川东、西山设伏，把敌人装进“口袋”来消灭。具体部署是：八十一师佯攻甘泉县城，以堵截敌人的先头部队和甘泉援兵；七十五师设伏在劳山川东侧的有利高地，七十八师埋伏劳山西侧的隐蔽高地，担任主攻任务；骑兵团隐蔽在土黄沟和杨庄科两沟内，以断敌后路和狙击延安增援，整个战场的布局形成一个四面包围的“口袋阵”伏击圈。

28日，八十一师包围了甘泉县城。29日，各部队按照指定地点分别进入埋伏区。10月1日晨，驻守延安的东北军一一〇师师长何立中率师直和三个团，从延安出发增援甘泉守敌。行至延安南三十里铺时，何立中将李东波六三〇团留驻，率师部和六二八团、六二九团直奔甘泉。

下午2时左右，前卫部队六二九团到达白土坡村，师部也行至劳山后街，敌人已完全进入埋伏圈。战争打响。何立中在逃跑中颈部中了一弹，于10月7日毙命。

劳山战役经过六个多小时的浴血奋战取得了全胜，整个战役共歼敌3700人。缴获七五山炮4门，八二迫击炮24门，重机枪24挺，轻机枪180余挺，长短枪3000余支，无线电台4部，战马500匹，军用物资不计其数。

劳山战役是红十五军团成立后取得的第一场胜仗，具有重大的历史意义。在战役中，红十五军团准确掌握了敌情，巧妙地调动敌人，选择了适当战场，制定正确的作战方针，严密部署兵力，两支队伍兄弟般的团结，是取得战役胜利的基本保证。

劳山战役的胜利，狠狠地打击了敌人的嚣张气焰，改变了陕北的整个战局。蒋介石原计划的南、北、西三路夹击，全面“围剿”的部署，在劳山战役中被歼一个师，一下子震惊了敌人，使其闻风丧胆。驻守榆林的井岳秀和瓦窑堡的高桂滋成了惊弓之鸟，闻讯后不战而逃，节节北退；南线的敌人也改变了战术，不敢贸然进犯，狠杀了敌人的威风。

劳山战役后，我军乘胜扩大战果，24 日又在榆林桥战斗中歼敌一个加强团，活捉了团长高福源，通过细致的思想教育后，高福源接受我党“停止内战，一致抗日”的主张，为我军以后在东北军中开展统战工作起了积极的作用。

劳山战役的胜利，不仅使远征千里的红二十五军部队取得休整时机，战役中的大量缴获也使新组建的红十五军团的武器装备得到了改善，服装给养得到了补充，壮大了红军的力量，巩固和扩大了根据地，为迎接中共中央和中央红军的到来创造了有利条件。

1953 年甘泉县人民政府在劳山战役遗址区小劳山建立劳山战役烈士陵园，陵园内安葬有在劳山战役中牺牲的 33 具无名烈士遗骨。

劳山战役烈士陵园现为甘泉县爱国主义教育基地、未成年人思想道德教育基地、甘泉县传承红色基因教育基地。

2018 年 7 月 3 日，劳山战役遗址被公布为第七批陕西省文物保护单位。

直罗镇战役

1935 年 10 月，中央红军与陕北红军胜利会师后，蒋介石调集十三个师零五个旅的兵力对陕甘苏区发动了第三次“围剿”，妄图彻底围歼红军主力，摧毁陕甘根据地。11 月 17 日，参加“围剿”的东北军第五十七军主力沿葫芦河向直罗镇前进，19 日其先头部队一〇九师附第一一一师六三二团进至直罗镇西北的黑水寺地区。中央军委决定抓住敌人骄纵麻痹和盲目冒进的有利时机，求歼该师于直罗镇西北地区，令红十五军团进入直罗镇东南地区，红一军团进至直罗镇东北地区做好战斗准备。

11 月 20 日晨，国民党一〇九师师长牛元峰率第六二五、六二六、六二七团在飞机的掩护下，分三路沿葫芦河及南北山地向直罗镇推进，下午 4 时进入直罗镇。中央军委即令红军当晚将其包围。21 日拂晓，红一军团从北、红十五军团从南向直罗镇发起猛攻，敌人从睡梦中惊醒，十分慌乱，左冲右突，均不得脱。战至中午 12 时，敌大部被歼。残敌 500 余人在师长牛元峰的带领下退入镇东南的土寨内固守待援。红一方面军当即以十五军团七十五师二二五团（三三八团前身）予以包围，主力准备打击由黑水寺东进的增援部队。红二二五团接受攻打寨子、歼灭残敌的任务后，立即发起了猛烈进攻，一营冲到距寨墙几十米处时突遭敌猛烈火力拦阻，被压制在干涸的河川里，前进受阻，伤亡很大。在此紧急时刻，周恩来副主席来到前线指挥所，认为强攻不利，要把敌人逼出寨子，在运动中歼灭。23 日黄昏，围歼战斗再次打响，我军以猛烈火力将敌压制，很快逼近寨子，并用手榴弹将敌打乱，战士们在震天动地的喊杀声中冲进寨子，与敌展开肉搏战。23 日夜，敌从南门“口子”逃窜，我军猛追不舍，一直追出20多里，终将敌全部歼灭，师长牛元峰被击毙。

24日，直罗镇战役胜利结束，此战共歼国民党一个师又一个团，击毙击伤1000余人、俘敌5300余人、缴枪3500余支、迫击炮8门、子弹22万发及其他物资。

1935年11月30日，毛泽东在东村天主教堂主持召开了红一方面军营以上干部会议，并作了题为《直罗镇战役同目前的形势任务》的报告，全面总结了直罗镇战役背景形势、胜利原因、现实意义以及胜利的影响。他深刻地指出："长征一完结，新局面就开始，直罗镇一仗，中央红军同西北红军兄弟般的团结，粉碎了卖国贼蒋介石向着陕甘边区的'围剿'，给党中央把全国大本营放在西北的任务，举行了一个奠基礼。"

4. 甘泉的红色景点

中央红军与陕北红军会师地

雪地会师旧址，也是中央红军和西北红军的会师地——象鼻子湾村。1935年10月19日，中央红军经过艰苦卓绝的二万五千里长征，到达陕北吴起镇，进入西北苏区。10月30日，由毛泽东、彭德怀率陕甘支队离开吴起镇，于11月2日到达陕甘边苏维埃政府驻地下寺湾村，解决了陕北地区存在的错误"肃反"工作。11月6日，天空下着鹅毛大雪，大地已被皑皑白雪覆盖了两寸厚，中共中央召开军委直属纵队300人参加的会议，毛泽东冒雪在一棵大树下的土台子上发表了演讲，即著名的"雪

地讲话”。

他首先对大家说：“同志们，辛苦了！我们长征胜利结束了，敌人围追堵截的计划破产了！ 367 天，我们走过了闽、赣、粤、湘、黔、桂、滇、川、康、甘、陕共 11 个省，经过了五岭山脉，湘江、乌江、大渡河以及雪山草地等万水千山，攻下许多城镇，最多的走了两万五千里。这是一次真正的前所未有的长征，敌人总想消灭我们，我们并没有被消灭。现在长征以我们的胜利和敌人的失败而结束，长征是历史记录上的第一次，它将载入史册。长征是宣言书，长征是宣传队，长征是播种机。我们红军的人数比以前是少了些，出发时我们有 8 万多人，现在只剩下 7000 多人，十多个换一个，我们的许多同志在长征途中为人民献出了宝贵的生命，中国人民将永远怀念他们。留下来的同志是革命的精华，都是经过严峻考验的。不仅要以一当十，而且要以一当百、当千、当万。现在，又与陕北红军胜利会师了，将来你们要走遍大西北，踏遍全中国。今后，我们要与陕北人民团结一起，共同完成中国革命的伟大任务，总而言之，长征是以我们胜利、敌人失败的结果而结束……”

“雪地讲话”极大地鼓舞了红军指战员的战斗士气和热情，同时指导了整个革命，其意义和作用是非常巨大的。

一段岁月，波澜壮阔，刻骨铭心。一种精神，穿越历史，辉映未来。走进新时代，长征精神鼓励着我们奋勇前进。

周恩来同志湫沿山遇险旧址

位于劳山湫沿山，遇险处在路西。

1937 年 4 月下旬的一天，周恩来同志根据党中央的决定，前往南京等地与国民党谈判。当他和张云逸、孔石泉等乘坐一辆卡车翻越湫沿山隘口时，埋伏在东侧山坡一带被国民党收买的匪徒一百余人，突然以密集火力发起攻击，周恩来和随行人员立即奋起还击。战斗中参谋陈有财、警卫班长陈国桥和警卫员、驾驶员等先后壮烈牺牲。

住在三十里铺的红军指战员听到枪声后，一面迅速出兵增援，一面电告延安总部，总部立即派出骑兵飞驶湫沿山。经红军指战员共同奋战，这伙匪徒狼狈逃窜。周恩来等同志安全脱险。

不久，周恩来同志不顾个人安危，肩负党的重托和国家民族的大任，毅然前往南京等地与国民党进行谈判，充分显示了无产阶级革命家的胆略和气魄。

周恩来湫沿山遇险事件发生后，我保安机关迅速侦破，于当年和次年春，先后捕获了这伙匪徒予以处决。

1985年甘泉县人民政府立碑，记有其事。

2018年陕西省人民政府公布其为省级文物保护单位。

直罗镇战役烈士陵园

直罗镇战役，是1935年11月党中央和中央红军长征到达陕北后，在毛泽东主席、周恩来副主席等亲自决策部署和指挥下，中央红军与红十五军团进行的。这次战役的胜利，彻底粉碎了国民党对陕甘革命根据地的第三次“围剿”，给党中央把全国革命大本营放在西北的任务举行了一个奠基礼。

直罗镇战役烈士陵园始建于1954年春，占地面积2亩，位于富县西部直罗镇柏山寺山脚下，距县城53公里，园内栽植了大量松柏。陵园内安葬有在直罗镇战役中牺牲的中共中央委员、红一军团四团代政治委员黄甦、红二团团长李英华和聂荣臻元帅的警卫员孙起峰以及12名小烈士和在其他革命战争中

牺牲的富县籍有名烈士 325 名，在直罗镇战役中牺牲的无名烈士 630 名。随着近年来红色旅游文化的大力推广，富县县委、县政府先后多次对陵园进行了扩建和改扩建，扩建后的陵园占地面积 60 亩，陵园山地自上而下分为牡丹苑、陵苑、纪念苑三个部分，在青山隐隐、松柏掩映、巍巍宝塔的环绕下，再现直罗镇战役中红军指战员团结一致、英勇奋战、前赴后继的动人场面，向江山后人讲述着那段峥嵘岁月。直罗烈士陵园已于 2016 年晋升为国家级烈士纪念设施保护单位，2017 年被中宣部命名为全国爱国主义教育示范基地，同年通过了国家 AAA 级旅游景区评审，2017 年也被富县县委、县政府授予党风廉政教育基地。

甘　肃

1. 甘肃：巧夺腊子口，强渡渭水河

甘肃，简称“甘”或“陇”，中华人民共和国省级行政区。位于中国西北地区，东通陕西，西达新疆，南瞰四川、青海，北扼宁夏、内蒙古，西北端与蒙古接壤。总面积42.58万平方千米。

甘肃地形呈狭长状，地貌复杂多样，山地、高原、平川、河谷、沙漠、戈壁，四周为群山峻岭所环抱，地势自西南向东北倾斜。甘肃地处黄土高原、青藏高原和内蒙古高原三大高原的交会地带，气候类型从南向北包括亚热带季风气候、温带季风气候、温带大陆性干旱气候和高原山地气候四大类型。

甘肃，是取甘州(今张掖)、肃州(今酒泉）二地的首字而成。由于西夏曾置甘肃军司，元代设甘肃省，简称甘；又因省境大部分在陇山（六盘山）以西，而唐代曾在此设置过陇右道，故又简称为陇。

1934年11月，程子华、吴焕先、徐海东等率领红十五军开始长征，从鄂豫皖根据地进入陕南，并初步建立了鄂豫陕根据地。1935年7月，为策应党中央与主力红军北上，红二十五军向甘肃方向推进，8月2日，从陕西双石铺进入甘肃，取道陇南、陇东，辗转四十多天，由于得不到党中央的消息，为摆脱困境，避免与敌军决战，于当年9月中旬离开甘肃进入陕北，与陕甘红军会师组成红十五军团。红一方面军于1935年9月5日进入甘肃后，巧夺腊子口，强渡渭水河，横跨六盘山，一路破关夺隘，化险为夷，10月中旬进入陕北，与红十五军团会合。为迎接红二、四方面军北上，中共中央组织了以彭德怀为司令员兼政委的西方野战军（即西征军）进入甘肃。红二、四方面军在战胜张国焘分裂主义错误以后，沿着红一方面军的路线进入甘肃，实现了三大主力红军会师，并与1936年11月下旬取得了山城堡战役的胜利。除此，西路军组成后，在河西走廊进行了可歌可泣的斗争。

截至2018年末，甘肃省下辖12个地级市、2个自治州、17个市辖区、5个县级市、57个县、7个自治县，常住人口2637.26万人，实现地区生产总值8246.1亿元。

2. 那棵大核桃树所听到的

那棵大核桃树所听到的

卫庶

“红军不怕远征难，万水千山只等闲。五岭逶迤腾细浪，乌蒙磅礴走泥丸。金沙水拍云崖暖，大渡桥横铁索寒。更喜岷山千里雪，三军过后尽开颜。”

2019 年 8 月 17 日上午，十几个身着小红军服、高矮不等的当地小学生，排成两列站在榜罗镇会议纪念馆前，面对着十几米开外一棵茂盛得几乎遮蔽了有半亩地的大核桃树，向陆续奔来的来访者一遍又一遍地齐声背诵着毛主席那首闻名世界的《七律·长征》。

毛主席第一次朗诵《七律·长征》的地方

“1935 年 9 月 29 日，在通渭城，毛主席第一次朗诵了《七律·长征》。”甘肃省党史办二级巡视员、研究员孙瑛看着榜罗镇会议纪念馆前小广场上的那棵挺拔端正的核桃树，若有所思地对我说。

对于《七律·长征》第一次在通渭县城朗诵给即将完成长征、北上抗日的红军先锋战士这一史实，很多文献、回忆文章都有记载。

按照榜罗镇会议纪念馆的展示，张闻天同志的夫人刘英在《长征琐忆》[①] 中曾这样回忆：

> 1935 年 9 月 28 日在通渭的榜罗镇召开了中央政治局常委会议。第二天到通渭城开干部会，毛主席诗兴大发，讲话时即席吟诵了后来十分出名的《七律·长征》的诗篇。

参观完榜罗镇会议纪念馆出来，看着那棵伟岸的大核桃树，

① 《长征琐记》最早发表在 1986 年第 10 期《党史资料征集通讯》，转引自通渭县政协文史办公室编：《通渭文史第四辑红军长征在通渭》，2006 年 8 月。

我从心底不由得立即涌起了一股崇敬之情。仰视着，围着这棵大核桃树走了半圈后，才带着一种请示后的心态，小心翼翼地走进树荫里：一下子，灼热的阳光就被屏蔽了。

看得出，这是棵被精心照料的树。在树荫下，向上望去，每个叶片都绿得发亮，每个枝条都谦虚而饱满，自然随意而又不是肆意地伸展着。树下，以树干为圆心，一米之内被挖出一个浅浅的平平的规整土水池，这样在这个干旱的地方可以存住雨水，也有利于浇灌存水。

“很多回忆者都提到过核桃树。但确切地说，主席第一次诵诗并不是在榜罗镇的这棵核桃树下，而是在100多里地外通渭县城的一个小学里。”孙瑛似乎看出了我对大核桃树的崇敬，稍稍打击了我一下，指着和高大的榜罗镇纪念馆隔着一条小胡同并列着的仅一人多高的青砖院墙说，“1935年9月底，党中央率领陕甘支队进入榜罗镇。毛主席在这个榜罗镇中心小学里又看了不少报纸，上面有关于陕北苏区和红军的报道。27日晚，召开了中共中央政治局常委会议，也就是著名的‘榜罗镇会议’。然后去的通渭城，在通渭城的文庙街小学里，毛主席第一次朗诵了《长征》。”

那是在1935年9月29日，一早从榜罗镇出发，毛泽东的心情格外地好，和彭德怀、林彪一起破例走在一纵队的前面，先行向100多里地外的通渭县城挺进。

当部队行进到文树川抵达第三铺山梁时，传来了杨得志、肖华一大队占领通渭城的捷报。

通渭，是红军爬雪山过草地三个月以来占领的第一座县城。

通渭县城，位于甘肃省定西地区东部，城垣全部由黄土筑成，当时城内居民不满2000人[1]，“没有一间砖瓦房”。原来驻防通渭的国民党军和少数民团，看到红军大军压境，稍一接触，就弃城而逃了。一纵队得以傍晚前胜利进入通渭县城。

在通渭，来自南方的红军官兵第一次住进了黄土窑洞，睡在里面很暖和，还不怕敌军飞机轰炸。杨得志、萧华打开县狱，释放了被关押的老百姓。红军战士们公买公卖，和蔼可亲，县城内生活一切照常。“一路人民无困厄，百姓家中不成灾。纪律严整规模大，此情不与乱兵同。”目睹红军的纪律严明，耕读传家的通渭人董桂留下了这样的诗句[2]。

1976年9月，已经在广州军区任职的陈昌奉重访长征路来到通渭县城，穿过当时还未拆除的西城门，指着城关卫生院所在地说：“不会错，不会错，就是这里。”这里，当年一位皮匠家的后院，就是毛主席在通渭县城住的地方。

那天，毛主席回来得特别晚。

他向杨得志、萧华询问了部队情况，又忙着开会，决定全军在通渭县城休息三天，恢复体力，筹足粮草，为进入陕北苏区做好思想上、物质上的准备。

在离东城门不远的文庙街小学里，攻占通渭县城的一纵队一大队先锋连正在等着毛主席的接见。一大队从安顺场强渡大渡河以来，一直逢山开路、遇水搭桥，很少见到毛主席。

当毛主席来到面前的时候，这些忠诚的红军士兵的脸上都绽放着坚毅的笑容。是的，“三军过后尽开颜”。

---

① 也有说不满5000人的。——作者注

② 见通渭县城关医院董随林抄录其祖父董桂遗作。摘自何钰：《陇上诗的人赞红军》，1996年9月。转引自通渭县政协文史办公室编：《通渭文史第四辑·红军长征在通渭》，2006年8月。

时任一纵队一大队卫生指导员的胡安吉在《毛主席给我们朗诵诗》① 一文中曾回忆起这个终生铭记的场景：

毛主席于 1935 年 9 月 29 日到达通渭县城。这天下午，支队召开副排长以上干部会议，会场设在城东一所小学里（文庙街小学）。

毛主席讲完话后，又说："我写了首诗，读给你们听听，不知行不行？"

在转战万里的红军将士面前，毛主席朗声吟诵。这应该是称得上是《长征》这首诗的第一次公开发表了。

"那真是激动人心的时刻啊！" 1983 年 6 月，当年红军先锋连战士王鑫回到通渭，站在文庙街小学里，回忆起当时的情景无限感慨。

1987 年 12 月，中国人民解放军南京军区炮兵顾问陈靖将军曾抚摸着中共通渭县委、通渭县人民政府 1986 年 9 月修建的纪念碑动情地说："'三军过后尽开颜'，真正'开颜'的地方就是这里。" ②

刘英在《长征琐记》中这样记载了当时听到毛主席朗诵《长征》一诗时的万丈豪情：

> 毛主席那伟大的胸襟，英雄的气概和高度的革命乐观主义精神，深深地感动了我们，激励着我们，使我们感到有移山填海、开天辟地的力量。

与伟人的瑰丽诗篇和革命气概同时留在通渭的，还有一个毛

---

① 《解放军文艺》1958 年 2 月，转引自通渭县政协文史办公室编：《通渭文史第四辑 · 红军长征在通渭》，2006 年 8 月。

② 易思孝、郭建民：《三军过后尽开颜——毛泽东长征在定西地区纪实》，见通渭县政协文史办公室：《通渭文史第四辑 · 红军长征在通渭》，2006 年 8 月。

主席蘸辣椒粉吃梨的故事。前者壮怀天地，后者令人回味无穷。

据杨得志在《信念的力量》一文中回忆，他们刚到通渭县城，毛主席骑着一匹马，带着两个警卫员就赶来了。当时通渭城街上只有卖梨子的，就赶紧买了些梨子，洗好后放在一个铁盆里，招待毛主席。

毛主席一边吸烟，一边看着铁盆里的梨子说："梨子呀，好东西。你们有辣椒粉吗？"

等人拿来辣椒粉，毛主席望着杨得志说："杨得志同志，你这个湖南人吃没吃过辣椒粉拌梨子呀？"

"我没有吃过。"

"哎，好吃得很呀！"毛主席说着，把辣椒粉撒到梨子上，"不是说有酸甜苦辣四大味吗？我们这一拌，是酸、甜、辣，没有苦了。"

到陕北去

"毛主席的诗兴和好心情，来自此前的哈达铺会议和榜罗镇会议。"站在大核桃树的树荫下，孙瑛对我说。

由上海电视台和通渭县人民政府在2000年7月共同竖立的毛泽东《长征》诗纪念碑碑文中这样写道：

> 一九三五年九月二十七日，党中央率由红一方面军改编之陕甘支队，战胜艰难险阻抵通渭重镇榜罗。中共中央随即召开政治局常委会议，正式作出到陕北扩大建立根据地、以陕北作为领导中国革命大本营之战略决策。九月二十九日，毛泽东、周恩来、张闻天等中央领导等随军进驻通渭县城。当晚，在文庙街小学召开的会议上，毛泽东激情满怀，诗兴大发，即席朗

诵了他著名的《七律·长征》。

更有研究者认为，“没有榜罗镇会议就没有《长征》诗”，“榜罗会议又一次为红军长征的胜利乃至中国革命的最后胜利指明了方向，《长征》诗则吹响了中国革命从胜利走向胜利的号角”①。

榜罗镇，是通渭县南部的一个集镇，处于通渭、陇西、武山、甘谷四县交界，是一个群山环抱呈盆地状的小镇，当时居住着几百户人家。清《续修通渭县志》称其“人繁庶地颇完善”，经济、文化相对发达。镇南有一所1907年就设立的官立小学堂，1935年9月27日来到榜罗镇的毛泽东，就住在这所小学堂里。

小学堂里订有不少报纸杂志，让毛泽东如获至宝。也许是离陕西更近了一些，这些报纸对于陕北有了更详尽的报道。

中央决定，在榜罗镇召开政治局常委会会议，进一步研究红军长征落脚点问题，再次确定陕甘支队前进的目标是陕北苏区。

自1935年9月17日攻克天险腊子口，中央红军走出草地以来，毛泽东就在思索一个问题：红军下一步往哪里走？

毛主席叫来红一军团侦察连长梁兴初和指导员曹德连，叫他们去搞点“精神食粮”来。梁兴初明白，这是让他去搞些近期的报纸杂志。

梁兴初带着侦察连很快就搞定了，绑来了一个国军少校，还有在这个少校住处收集到的不少报纸杂志。

毛泽东一页一页翻看这些报纸杂志，终于看到了一条令他眼睛一亮的消息：徐海东率领红军到达陕北，与刘志丹的陕北红军会合了。另一份杂志上甚至刊登了一幅陕北根据地略图。

---

① 力平文：《红军长征何时确定落脚陕北》，见通渭县政协文史办公室编：《通渭文史第二辑》，通渭县政协文史办公室编：《通渭文史第四辑·红军长征在通渭》，2006年8月。

1935年9月20日，一进哈达铺，这个陇南以盛产中药当归闻名的富足小镇，毛泽东顾不得休息，直接奔到镇上的邮政代办所，把里面所有的报纸，包括《中央日报》《大公报》《甘肃民国日报》《西安报》等都翻看了一遍。

据1984年出版的《聂荣臻回忆录》，在哈达铺，聂荣臻给毛泽东送来一张《山西日报》，上面载有阎锡山军队进攻陕北刘志丹“匪共”的消息。梁兴初又给毛泽东收集到大量的《大公报》。其中一张《大公报》是糊在耿飚住的那家房东的墙上的，耿飚付给了房东一块大洋才得以小心地揭下来。

对长征有着极大热情的美国作家哈里森·索尔兹伯里在他的《长征——闻所未闻的故事》一书中有着这样的记述：

现在，距江西的出发点成千上万里之遥的哈达铺，长征确切的目标才日渐明确了。

红军先头部队在攻占哈达铺时果断拿下了邮局，这是很长时间以来，他们占领的第一个邮局。他们在那里找到了国民党的报纸，毛泽东和他们的指挥官兴致勃勃，一口气读完这些报纸，证明他们早些时候在两河口会见张国焘时所听到的传说居然是真的；陕北不但有一支共产党队伍和一片苏维埃根据地，而且毛泽东的朋友、著名的群众领袖、英勇无畏的二十六军军长刘志丹仍然活着，统率着他的部队。二十五军军长徐海东也在那里。

毛泽东终于确切地知道了：在陕北，存在着一块几乎与江西的中央苏区一样大小的红色根据地！陕北的红军活动之剧烈一如当年的江西苏区！

如1935年7月23日《大公报》报道：

山西军阀阎锡山于七月二十二日在绥靖公署省府纪念周报告上说：“陕北匪共甚为猖獗，全陕北二十三县几无一县不赤化”，“现在共党力量已有不用武力即能扩大区域威势”。“全陕北赤化人民七十余万，编为赤卫队者二十余万，赤军者二万。”

如1935年7月29日《大公报》社论《论陕乱》：

徐海东一股，猖獗已久，迄未扑灭，故论陕乱，不能专看北部。

近则韩城一带亦睹匪踪，是由陕北而关中矣。

如1935年8月1日《大公报》报道：

现在陕北状况，正与民国二十年之江西情形仿佛。

毛泽东明确了红军前进的目的地：陕北苏区。[①]

关于党中央到达哈达铺后是否召开过会议，在目前多数公开出版物中记载较少，但在《张闻天年谱》[②]和《张闻天传》[③]中对于中共中央在哈达铺召开政治局常委会议的时间、参加人员及会议内容有所记载。对于会议地点却有关帝庙和毛主席的住处义和昌药店的两种说法，时任毛泽东警卫员的陈昌奉凭记忆倾向于在毛主席的住处开会。[④]

从阅读报纸到作出决策，有研究者认为，在哈达铺开的会议应该有两次，一次是留有会议记录的中共中央政治局常委（扩

① 以上参见王树增：《长征》（修订版）下，人民文学出版社2006年版，第648—651页。

② 中央党史研究室张闻天选集传记组编撰：《张闻天年谱》，中共党史出版社2010年版，转引自中共宕昌县委、宕昌县政府编：《红军长征与宕昌哈达铺学术研讨会文集纪念红军长征胜利60年》，2017年6月。

③ 程中原：《张闻天传》，当代中国出版社2006年版，转引自中共宕昌县委、宕昌县政府编：《红军长征与宕昌哈达铺学术研讨会文集纪念红军长征胜利60年》，2017年6月。

④ 李荣珍：《红军长征中的哈达铺会议述略》，见中共宕昌县委、宕昌县政府编：《红军长征与宕昌哈达铺学术研讨会文集纪念红军长征胜利60年》，2017年6月。

大?）会议，另一次是“应被视作一次中央领导人的碰头会。这个会议同样很重要，主要是达成共识”①。

像此前的中国共产党的许多重要会议一样，尽管开会地点模糊，会议的有关决定却对此后的中国革命的发展起着决定性的作用。

在一定意义上，哈达铺会议是此前俄界会议（1935 年 9 月 12 日，今甘肃迭部高吉）的继续。会议正式决定了“关于国焘问题的决议的起草，由洛甫负责”②。俄界会议因为时间紧迫，只是原则性地通过了《关于张国焘同志的错误的决定》。这个决定由张闻天写成正式稿并在政治局通过后，直到 1935 年 12 月才在中央委员会范围内公布，在红一方面军高级干部中口头传达。

俄界会议提出了，在坚持北上抗日的路线下，“要到能够指挥全国革命的地区去”，在靠近苏联边界的甘东北和陕北方向前进，进而建立根据地的方针。哈达铺的党中央领导人碰头会则果断作出了决定：到陕甘革命根据地去！

俄界会议就提出过整编红军的设想。哈达铺会议正式决定了，中央纵队和红一方面军主力正式整编为中国工农红军陕甘支队的方案。哈达铺整编，为后面的榜罗镇会议奠定了组织上和军事上的基础，进而为中央红军长征走向胜利提供了军事保障。

1935 年 9 月 22 日，在哈达铺关帝庙召开了全军团以上干部

① 李荣珍：《红军长征中的哈达铺会议述略》，见中共宕昌县委、宕昌县政府编：《红军长征与宕昌哈达铺学术研讨会文集纪念红军长征胜利 60 年》，2017 年 6 月。

② 程中原：《张闻天传》，当代中国出版社 2006 年版，转引自中共宕昌县委、宕昌县政府编：《红军长征与宕昌哈达铺学术研讨会文集纪念红军长征胜利 60 年》，2017 年 6 月。

会议，毛泽东在会议上作了关于形势和任务的政治报告，宣布了党中央关于挺进陕北的行动方针和改编红一方面军的决定。

在谈到红军的行动方针时，毛主席说，感谢国民党的报纸，为我们提供了陕北红军的比较详细的消息：那里不但有刘志丹的红军，还有徐海东的红军！

毛主席明确提出：到陕北去！

同志们胜利前进吧！到陕北只有七百里了，那里就是我们的目的地，就是我们抗日的前进阵地。

在哈达铺，一军一师宣传科长彭加伦创作了《到陕北去》的歌曲。歌中唱道："陕北的革命运动大发展，创造了十几县广大的红区。迅速北进，会合红军二十五、二十六军，消灭敌人，争取群众，巩固发展陕北红区建立根据地。"①

1935年9月23日，党中央率陕甘支队从哈达铺出发，连续行军两百余里，到达渭河南岸。一路上，各部队传达了哈达铺团以上干部会议精神，战士们听说再走七百里就能到达陕北苏区了，人人欢欣鼓舞，兴高采烈。26日清晨，部队出其不意地渡过渭河。27日，陕甘支队主力到达了榜罗镇。

宣布确定红军长征落脚点

"其实，对于到底是在哈达铺还是榜罗镇确定的红军长征落脚点，是有争议的。因为哈达铺会议的资料的确太少了。但是从俄界会议，到哈达铺会议，到榜罗镇会议，从党中央的决策过程

① 以上参见甘肃省军区党史资料征集办公室：《三军大会师》，见通渭县政协文史办公室编：《通渭文史第四辑·红军长征在通渭》，2006年8月。

中，可以清晰地看出遵义会议以来党内的风气正常了，真正坚持了民主集中制原则。”站在大核桃树的树荫下，作为甘肃省党史办的研究员，孙瑛并不愿意在哈达铺和榜罗镇当中明显偏袒哪个地方。

哈里森·索尔兹伯里在他的《长征——闻所未闻的故事》一书中认为：“这个有关去向的重大问题终于获得了解决，十天之后，毛泽东在榜罗镇公布了他与陕北红军会师的计划。”①

关于榜罗镇会议的内容，《中国共产党大事记》《红一方面军长征史》以及许多党中央和红军领导人的回忆录、年谱资料等都有明确记载。比如，《杨尚昆回忆录》中是这样说的：

> 部队进到通渭县的榜罗镇，中央召开政治局常委会，改变了俄界会议关于在接近苏联的地方建立根据地的决定，确定将中共中央和红军的落脚点放在陕北。②

《毛泽东年谱》中是这样记载的：

> （榜罗镇会议）改变了俄界会议的决定，因为那时得到了新的材料，知道陕北有这样大的苏区与红军，所以改变决定，在陕北保卫与扩大苏区。在俄界会议上，想在会合后，带到接近苏联的地区去，那时保卫与扩大陕北苏区的观点是没有的。现在我们应批准榜罗镇会议的改变，以陕北苏区来领导全国革命。③

中央文献出版社2011年出版的《中国共产党通志·政治志·重要会议》中则是这样表达的：

---

① 转引自通渭县政协文史办公室编：《通渭文史第四辑·红军长征在通渭》，2006年8月。

② 《杨尚昆回忆录》，中央文献出版社2001年版，第152页。

③ 转引自通渭县政协文史办公室编：《通渭文史第四辑·红军长征在通渭》，2006年8月。

中共中央政治局榜罗镇会议，1935年9月27日在甘肃南部通渭县榜罗镇召开。俄界会议后，中共中央率领中国工农红军陕甘支队继续北上，攻克天险腊子口，翻越岷山，脱离了雪山草地地区，9月18日进驻哈达铺。中共中央从国民党的报纸上得知陕北还有革命根据地的消息。因此，中共中央于9月27日在榜罗镇召开政治局常委会议，根据在行军途中获悉陕北红军和根据地仍然存在的情况，作出了把红军长征的落脚点放在陕北的历史决策，正式决定以陕北作为领导全国革命的大本营。会后，红军连续突破会宁至静宁之间与平凉到固原之间的两道公路封锁线，击溃敌骑兵部队的尾追，翻越六盘山，进到甘肃环县。10月19日，红军陕甘支队一纵队到达吴起镇。至此，红一方面军的长征胜利结束。①

榜罗镇会议后的第二天，1935年9月28日，博古在《前进报》（中央前敌委员会与陕甘支队政治部出版）第3期上发表了《陕甘苏维埃运动的发展与我们支队的任务》一文中提出了当前党和红军面临的战略任务，指出：

运动的现状，在全党面前提出一个紧急的任务，就是：组织领导集团与加强陕甘的游击队运动，将它继续的发展与深入到巩固的苏区根据地之建立，这是推动中国苏维埃运动继续发展的基本一环。

正是这个光荣的历史任务，我们的支队应该完全地负担起来，应该把完成这个任务当作我们支队的战略目标，一切文明的军事行动、政治工作及地方的群众工作都应当服从于这个总

① 转引自通渭县政协文史办公室编：《通渭文史第四辑 · 红军长征在通渭》，2006年8月。

的战略目标。①

1935年9月28日的这天早晨，5时，下着蒙蒙细雨，1000多名陕甘支队连以上军政干部在一个小学的门口排起队来，集合之后，走向会场。据陆定一在《榜罗镇》一文中回忆：

这是一个露天的空场，是晒麦的场子。四周围着矮矮的土墙，两个角上堆了两大堆麦草，两堆麦草的中间，放了一张桌子，几个小凳子，桌子前面就排着到会者的座位。这是一捆捆的麦草，以桌子做中心拼成的弧形。那么一条的弧形，就像半个水浪，向外开拓出去，直到矮墙为止。②

"陆定一的回忆里说的那个小学，就应该是这个榜罗镇中心小学，但他的回忆里似乎没有写主席台桌子不远处的这棵高大的核桃树。"孙瑛不无遗憾地说。

"但是这棵核桃树听到过毛主席那充满革命自信的精彩演讲。"我愈加崇拜地说。

还是根据陆定一同志的回忆，我们可以和这棵核桃树一起回忆一下那激情澎湃的时刻：

这样的会，是二次战争以来所没有开过的。

我们经过了藏人区域，在那里是青稞麦子，雪山，草地，我们受了自有红军以来从未有过的辛苦。

我们突过了天险腊子口。我们重新进入了汉人区域。我们渡过了渭河——姜太公钓鱼的地方。

现在，同志们，我们要到陕、甘革命根据地去。我们要会

① 转引自中共通渭县委党史资料征集研究办公室：《璀璨的转折点》，第35页。

② 陆定一：《榜罗镇》，见《中国工农红军第一方面军长征记》人民出版社1955年版，转引自通渭县政协文史办公室编：《通渭文史第四辑·红军长征在通渭》，2006年8月。

合25、26、27军的弟兄去。

陕、甘革命根据地是抗日的前线。我们要到抗日的前线上去！任何反革命不能阻止红军去抗日！

这将是我们长征的最后一个关口。

同志们！努力吧！为着民族，为着使中国人不做亡国奴，奋力向前！红军无坚不摧的力量，已经表示给全中国全世界的人们看了！让我们再来表示一次吧！同志们，要知道，固然，我们的人数比以前少了些，但是我们是中国革命的精华所萃，我们担负着革命中心力量的任务。从前如此，现在亦如此！我们自己知道如此，我们的朋友知道如此，我们的敌人也知道如此！①

“一张报纸定乾坤”绝非偶然

“二万五千里长征，还剩七百来里地的时候，才定了落脚点，是否有点‘一纸定乾坤’的味道?”仰望着高高的核桃树，我提出了一个忍不住要提出的问题。

“榜罗镇会议将陕甘革命根据地确定为长征的落脚点，绝非‘一张报纸定乾坤’的偶然，而是具有客观的历史必然性的。”孙瑛正色说道。

其实，有不少研究者已经指出，即使在动荡的征战中信息流传得再艰难，党中央在到达哈达铺之前，对陕甘苏区的基本情况还是了解的。

陕甘苏区的创建过程中，就曾不断接受到党中央的指示。

① 陆定一：《榜罗镇》，见《中国工农红军第一方面军长征记》，人民出版社1955年版，转引自通渭县政协文史办公室编：《通渭文史第四辑·红军长征在通渭》，2006年8月。

1932 年 4 月，党中央就作出《中央关于陕甘游击队对工作及创建陕甘边新苏区的决议》。同年 6 月，党中央在上海召开北方各省委代表联席会议，通过了《开展游击运动与创建北方苏区的决议》，并于 8 月 1 日致信陕西省委，要求进一步扩大陕甘边苏区和创建陕甘新苏区。

中共陕西省委委员、秘书长贾拓夫长征开始前夕恰好到达江西的中央苏区，并跟着中央红军一起长征，曾多次向毛主席详细汇报陕甘党组织和红军以及陕甘根据地的政治、军事情况。“他是陕北人，告诉了我们刘志丹同志过去的情形。”①

1935 年 6 月，一、四方面军在川北会师，当时在红四方面军中的原中共甘宁青特委（属中共陕西省委领导）组织部长张德生，向党中央汇报过陕甘苏区的情况。长征队伍中，有许多参加过宁都起义的甘肃籍战士。红军到达甘肃前后，党中央曾多次召集他们进行座谈，了解了许多关于陕甘苏区的情况。

一、四方面军在川北会师，党中央就制定过创建川陕甘苏区的方针。1935 年 8 月 6 日的沙窝会议通过的《中央关于一四方面军会合后的政治形势与任务的决议》中，提到过“红二十五、二十六军及二十九（二十七）军在川陕甘省的活跃”，并提出“红军到达陕北后，则须更大的建立与加强……工作”的任务。1935 年 8 月 20 日，党中央在毛儿盖会议上通过的《关于目前战略方针之补充决定》中，再次提到“和红二十五、二十六军及通（江）南（江）巴（中）游击区取得配合，联系存在于甘、陕边之苏区及游击区域成为一片，使我有可能在短时期中，迅速造成巩固的苏区根据地，以形成在中

① 陆定一：《榜罗镇》，见《中国工农红军第一方面军长征记》，人民出版社 1955 年版，转引自通渭县政协文史办公室编：《通渭文史第四辑 · 红军长征在通渭》，2006 年 8 月。

国西北部以及全中国革命运动的领导中心”。①

“看来，我们的文章要尽快发表。”记得在离开榜罗镇会议纪念馆的时候，孙瑛这样对我说了一句。

很快，就在2019年9月4日的《甘肃日报》上看到了由刘正平、孙瑛、戴引兄、张秀娟执笔，署名“省委党史研究室”的文章《陕甘边革命根据地不可替代的历史地位》。文章强调：

陕甘边革命根据地是20世纪30年代，以刘志丹、谢子长、习仲勋为代表的共产党人，带领陕甘边党政军民经过艰苦卓绝的奋斗，在陕西中部、北部与甘肃东部交界地区创建的一块巩固的革命根据地，后与陕北革命根据地连成一片，形成陕甘革命根据地，成为土地革命战争后期全国“硕果仅存”的革命根据地，为党中央和各路长征红军提供了落脚点，开启了中国共产党领导中国革命从低谷走向胜利的新征程。

文章特别指出：

中共中央在榜罗镇召开政治局常委会议，正式决定将陕甘革命根据地作为长征的落脚点。落脚点的确定并非“一张报纸定乾坤”的偶然，而是具有客观的历史必然性。

从战略地位而言，陕甘革命根据地向西、向北可以打通与苏联的联系，东渡黄河可以奔赴抗日前线，正好契合了党中央寻找“落脚点”北上抗日的需要，使红军长征有了“落脚”之“点”。

从政权区域而言，截至1935年6月底，陕甘革命根据地第二次反“围剿”斗争胜利，根据地已发展到北至长城，西到环江，南到淳耀，东到黄河，形成南北1000余公里，东西500余公里，

① 以上观点参见秦生：《也谈红军长征落脚点的确定问题》，通渭县政协文史办公室编：《红军长征在通渭》，2006年8月。

包括30余县的广大红色区域。毛泽东同志曾多次感慨地说："没有陕北（陕甘根据地），那就不得下地。"

从群众基础而言，刘志丹、谢子长、习仲勋都是党的群众路线的伟大开拓者和坚定践行者，根据地扎实有效的群众工作获得了人民的信任和拥护，老百姓千方百计筹集军粮、军费，踊跃参军参战，各方动员做好战地勤务工作，使中央红军有如回到久别的故乡，感到异常的温暖，并且顺利地度过了在陕甘的第一个冬天，使得党中央和红军在陕甘革命根据地站得住脚。

从军事策应而言，陕甘红军英勇作战，震动国民党南京政府，牵制了大量的国民党军队，使蒋介石在围追堵截中央红军和"围剿"陕甘红军中，南北不能相顾，兵力分散，客观上减轻了长征中红军的压力，有力策应了南方红军的战略转移。

在陕甘边革命根据地基础上发展形成的陕甘革命根据地，让长途跋涉、疲惫至极的红军有点可落、有点能落，并且能站得住、站得稳，为长征胜利提供了战略基点。

这篇文章，应该是很好地回答了所谓红军长征落脚点"一张报纸定乾坤"的偶然性问题。

参考资料：

1.《杨尚昆回忆录》，中央文献出版社2001年版。

2. 王树增：《长征》（修订版）上、下，人民文学出版社2006年版。

3. 中央党史研究室张闻天选集传记组编撰：《张闻天年谱》，中共党史出版社2010年版。

4. 程中原：《张闻天传》，当代中国出版社2006年版。

5. 通渭县政协文史办公室：《通渭文史第四辑·红军长征在通渭》，2006年8月。

6. 中共通渭县委党史资料征集研究办公室:《璀璨的转折点》。

7. 中共宕昌县委、宕昌县政府编:《红军长征与宕昌哈达铺学术研讨会文集纪念红军长征胜利60年》,2017年6月。

8. 署名“省委党史研究室”,刘正平、孙瑛、戴引兄、张秀娟执笔:《陕甘边革命根据地不可替代的历史地位》,《甘肃日报》2019年9月4日。

(《炎黄春秋》杂志2019年11月号)

3. 杨土司　红土司

杨土司　红土司

本报记者　卫庶　陆培法

在甘肃省甘南藏族自治州迭部县腊子口战役纪念馆里,有一组展示一位藏族土司开仓放粮支援红军的雕塑和一份追认为革命烈士的证书。

这位土司就是杨积庆。

土司,元朝始置,是中国古代边疆的官职,多封授给西北、西南地区的少数民族首领。土司政府承担赋役、纳贡并提供军队,对自己的部族拥有至高无上的统治权力。云南、广西、贵州、湖南都曾有土司存在。

作为甘南卓尼第19代土司,杨积庆却并不“土”。他精通汉语、爱好摄影,兴趣广泛。时人这样评价杨土司,“聪明过人,幼习汉书,汉文汉语,皆甚通畅”。

杨土司尤其喜好接待前来卓尼的外国考察家和传教士。1925年春天，他还和来甘南考察的美国植物学者洛克成了结拜兄弟。这些交往都扩大了杨土司的眼界，有人称他为“洋土司”。

“他的思想激进，易于接受新事物，推广先进技术和文化”，与杨土司有着深厚友谊的范长江在他的名著《中国的西北角》一书中，对杨土司有这样的描述：虽身居僻壤，未迈出卓尼一步，但每天都看全国各地大小报纸，及时掌握国内外形势，他在上海、天津等地都设有商行，常有书信往来。时逢国难当头，日寇发动了侵华战争，他很关心政治时局，忧国忧民、感慨激愤。

身为藏区统治者，杨土司对国民党官员惯于愚弄欺压藏人的做法一向深为不满，对于穷人的军队——红军，却产生了几分好感。

那是1935年9月上旬，中央红军长征进入甘南迭部地区，进入了杨土司的领地。在这里，中央召开了著名的俄界会议，确定了红军坚持北上抗日的战略。另一方面，进入藏区的红军此时正处于生死存亡的关键时刻，久经鏖战的红军战士，备受煎熬，衣食无着。

尽管如此，红军战士无论走到哪里，始终军纪严明，秋毫无犯。在俄界，红军把村寨里外打扫得干干净净，用过的东西归还原处，损坏的给予赔偿。在腊子口朱立村，红军宁肯住在露天草坡，也不打扰群众，还帮群众砍柴、干农活。在临潭旧城，红军炊事员拿盐换菜，从不白拿老百姓的东西。

红军以他们实际的行动，获得了当地藏族群众的信任和支持。当杨土司从老百姓嘴里了解到红军是“不压迫番民的红汉人”，又听说了红军进入达拉沟，沟深谷狭，正逢秋雨连绵，道

路泥泞难行，栈道残损不堪，大队人马很难迅速通过，毅然决定帮助红军。

据说，杨土司写信给当时在兰州的藏族进步人士王佐卿（曾参加过共产主义青年社，1931 年在洮岷路保安司令部任参谋长）商谈此事，制订援助红军过境计划。

面对国民党的淫威，杨土司一面虚张声势调兵遣将，做出随时出击的架势；一面暗派藏兵帮助红军抢修白龙江畔的栈道，令心腹迎接红军。

知道红军缺粮，杨土司就指示崔古仓的守仓官把仓内的锁都打开，只锁大门，然后以躲红军为名，跑进深山。红军来后，得以顺利打开了储藏着 20 多万公斤粮食的仓库，获得了充足的粮食补给。

中央红军稍作休整之后，准备攻打天险腊子口。在这个关键时刻，杨土司又密派藏民充当向导，打探敌情，有力地支持了红军拿下天险腊子口。

红军能够突破重围，一方面是红军将士骁勇善战，另一方面也得益于杨土司为代表的当地藏族同胞挺身而出，深明大义，开仓放粮，让路护道。

腊子口战役纪念馆这组情景雕塑，就再现了当时杨积庆土司在崔古仓村开仓放粮支援红军的感人场景。

杨积庆的做法后为国民党鲁大昌部所知。鲁大昌随即密谋策划，派其心腹营长率队潜入杨土司驻地博峪，将杨土司一家包围。杨土司等人挥枪抵抗，然而终是寡不敌众，与长子杨琨、长媳、孙女等 7 人倒在了国民党的枪口之下。这天是 1937 年 8 月 25 日，卓尼县志称“博峪事变”。

据甘南州委宣传部赵凌宏向记者介绍，卓尼的最后一代土司，卓尼第20代土司，是杨积庆先生的次子杨复兴，1949年春毕业于国民党南京陆军大学将官班，授予少将军衔，同年，率部起义。

杨复兴终结了土司制度，历任卓尼民兵司令部司令兼任卓尼县县长，甘南藏族自治州副州长，甘南军分区副司令员，西北军政委员会民族委员，甘肃省第五、六、七届人大常委会副主任，第八届、第九届全国政协委员等职位。

1950年10月，中央慰问团来甘南时，带来了周恩来对两代土司杨积庆和杨复兴父子的问候，并对当年杨土司对红军让道济粮的援助表示感谢。

1994年10月，甘肃省人民政府追认杨积庆为烈士。杨土司，成为红土司。

（《人民日报海外版》2019年8月19日第2版）

4. 甘肃的长征故事

晏福生将军在陇南失去了一只胳膊

开国将领中，有10位独臂将军备受瞩目，毛泽东曾称“只有我们的部队才能培养出这样独特的人才”，晏福生就是其中一位。

晏福生原名晏国金，湖南株洲县仙井乡人，1904年2月28日出生在一个贫穷的拳师世家，1926年7月加入中国共产党，

1928 年 5 月参加工农红军。

1936 年秋，国民党胡宗南部直逼红二方面军贺龙率领的部队，9 月 7 日，红军第 6 军团 16 师从甘肃两当县出发为大部队开辟通道，红二方面军十六师政委晏福生、师长张辉走在队伍的最前面，部队行至礼县罗家堡附近，陷入敌人的重重包围之中，晏福生右臂不幸被敌人子弹打伤。

部队边打边冲，敌人越聚越多，晏福生怕连累大部队，将密电交给警卫员后，自己引开敌人掩护战友突围，最后纵身跃下山谷。

战斗结束后，红六军团政委王震以为晏福生牺牲了，在干部大会上沉痛建议为晏福生同志默哀 3 分钟，不料晏福生拖着受伤的身躯奇迹般地回来了。

原来晏福生忍着剧痛连滚带爬地藏进龙池湾山坡下的一个土窑洞里。敌人撤走后，晏福生找到一户穷苦人家过了一夜。第二天，又拖着负伤的身体追赶部队，经过半个多月的艰难行进，终于在通渭县境内找到了红四方面军三十一军的一支部队。

由于晏福生的伤口得不到及时治疗，开始恶化，到山丹县后，晏福生做了截肢手术。从这时起，晏福生就失去了整个右臂，成为一名独臂将军。

一件红毛衣的故事

1935 年 9 月，红一方面军到达腊子口的时候，某部住进了依山而建的藏寨朱立村。傍晚，连部一位十七八岁的通讯员借用了房东家的瓷罐去打水，回来的途中不小心将瓷罐打碎，他看看四周没人，就怀着忐忑不安的心情悄悄溜进住处睡下了。

第二天早晨，当部队准备离开的时候，指导员在检查纪律时才发现了此事，严厉批评了通讯员的同时要求他赔偿。通讯员除了腰间的一支驳壳枪和身上的一件红毛衣，别无他物可以抵偿。指导员要求他将红毛衣脱下来赔偿给房东老阿妈，通讯员情急之下竟然泪流满面，身边的一位战士解释说，这件毛衣是过草地时他妈妈牺牲时留给他的唯一的遗物。原来，通讯员的父亲是红军的一位营长，在四渡赤水中牺牲。当时他叮嘱妻子将这件红毛衣穿在孩子的身上。这件红毛衣是远在云南的奶奶用爷爷一点一点捻出来的羊毛织成的。房东老阿妈实在不忍心，部队又有铁一般纪律，只好拿出自家的一件羊皮袄换了这件毛衣，指导员又执意留下一块白洋，此事才算了结。

解放后，老阿妈将一直保存下来的红毛衣送交了乡政府，可惜后来遗失。但是一件红毛衣的故事，却至今流传在迭部一带，越传越远，越来越多的人熟悉它并深受感动。

甘肃的红色景点

俄界会议会址

俄界会议旧址位于甘肃省迭部县达拉乡政府驻地西3公里的高吉村。俄界会议旧址是个藏族村寨。2016年12月，被列入全国红色旅游经典景区名录。

中国工农红军第一方面军爬雪山过草地后到此，于9月12日，中共中央在此召开政治局扩大会议，毛泽东在会上作《关于与四方面军领导者的争论及今后战略方针》的报告，并通过《关于张国焘错误的决定》，俄界会议是红军长征途中开的一次重要

会议，它对于胜利完成二万五千里长征，具有极其重要的意义。

当年红军司令部和毛泽东居室以及会址的木楼保存完整，1981年9月10日被甘肃省人民政府公布为省级文物保护单位，2006年为国家文物保护单位。

俄界会议旧址以围墙以外10米划定为保护范围，保护范围外200米划定为建设控制地带。另外还以俄界会址对岸两棵古杨树为中心以规划千人会场，并向四周延伸100米划定为建设控制地带。迄今为止，俄界国家重点文物保护单位的标志说明、记录档案工作已完成，并成立了迭部县俄界国家级重点文物管理委员会，使该处文物的保护得到了很好的保证。

哈达铺红军长征纪念馆

哈达铺红军长征纪念馆，位于甘肃省宕昌县哈达铺镇，地处国道212线的交通要道上，南距县城35公里，北距岷县县城35公里，西距迭部腊子口70公里。中国工农红军一、二、四方面军三大主力长征，都经过哈达铺。1935年9月18日，党中央率领红一方面军突破天险腊子口，占领哈达铺。20日下午，毛泽东、周恩来等中央领导到达哈达铺。从当地邮政代办所国民党报纸上获得陕北有红军和根据地的消息，作出了把红军长征的落脚点放在陕北的重大决策。9月23日，中央率陕甘支队离开哈达铺北上。1936年8月9日，红四方面军第30军通过腊子口后占领哈达铺；25日红二方面军六军进驻哈达铺。9月1日，红二方面军总指挥部及二军到达哈达铺。到10月4日，相继北上。在国务院公布全国重点文物保护单位时称“哈达铺是决定中国工农红军长征命运的重要决策地”。哈达铺红军长征旧址坐落在由382家店铺组成的一条长1200多米的街道上，这是红军在长征途中走过的最长、保留当年原貌最完整的一条街。《经济日报》常务副总编辑罗开富在《党必须指挥枪》一文中称这条街为“中国工农红军长征第一街”。“义和昌”药铺地处上街，该药铺由三间北房和十一间南面临街铺面组成，均为平瓦房。北房为原建筑，中间正厅是当时中共中央办公室，左间是毛泽东住室，右间是张闻天住室。房门中央上方悬挂着中共中央原总书记胡耀邦题写的“哈达铺纪念馆”匾额。临街铺面是按原貌修建的，当年为药铺。“邮政代办所”在西距“义和昌”药铺约10米的斜对面，有两间临街铺面。“同善社”在“义和昌”药铺东南200多米处的下街，是一座紧凑的小四合院，北房是三间土木结构的二层楼房，楼下是红一方面军司令部和周恩来住室，东西厢房红军警卫和通信兵居住。所有房屋均为原有建筑。“关帝庙”在离“同善社”东面200多米之外的下街，旧建筑毁于“文革”，现大殿、左右偏殿及过厅均为1989年按原貌恢复重建。“关帝庙”东南约100米即“张家大院”，东、西、南三面房屋均是原有建筑，北房是按原貌恢复的三间二层木结构楼房，楼上是贺龙住室，楼下是任弼时、刘伯承、萧克、关向应住室；东厢房是李达住室；西厢房由警卫员居住。大门上挂着原红二方面军副总指挥萧克将军1995年题写的“红二方面军总指挥部旧址”匾额。哈达铺是红军长征北上的里程碑，万里长征即将胜利完成的转折点，它以其特殊的地位，名载中国革命的光辉史册，被杨成武将军称为红军长征的“加油站”。

岷州会议纪念馆

岷州会议纪念馆建于1997年，位于岷县城西十五公里处的十里镇三十里铺村，为正处级事业单位。该纪念馆分为三个部分：中共中央西北局岷州会议旧址、甘肃省苏维埃政府旧址、中共中央西北局岷州会议纪念馆陈展中心，占地面积6070平方米，建筑面积1698.8平方米。是甘肃省爱国主义教育基地、国防教育基地、党史教育基地。2009年5月，被中宣部命名为第四批全国爱国主义教育示范基地。

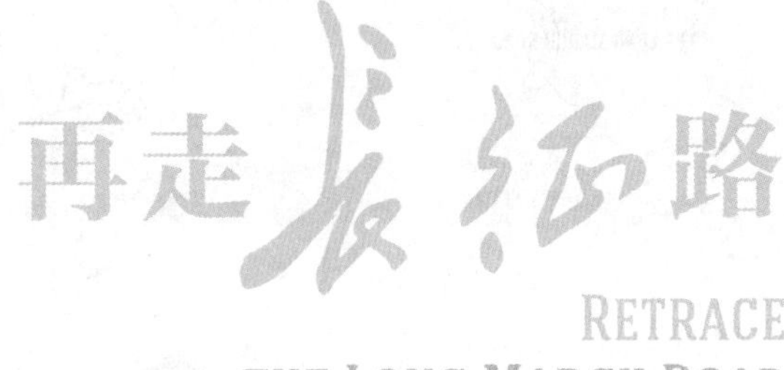

宁　夏

1. 宁夏：民族团结的明证

宁夏回族自治区，简称“宁”，是中华人民共和国省级行政区，首府银川。位于中国西北内陆地区，宁夏介于北纬35°14′—39°14′，东经104°17′—109°39′之间，东邻陕西，西、北接内蒙古，南连甘肃，宁夏回族自治区总面积6.64万平方千米。

宁夏地形从西南向东北逐渐倾斜，丘陵沟壑林立，地形分为三大板块：北部引黄灌区、中部干旱带、南部山区。宁夏地处黄河水系，地势南高北低，呈阶梯状下降，全区属温带大陆性干旱、半干旱气候。

截至2018年底，宁夏回族自治区下辖5个地级市，共有11个县，2个县级市，9个市辖区。

截至2018年末，宁夏回族自治区常住人口688.11万人，实现地区生产总值（GDP）3705.18亿元，第一产业279.85亿元，第二产业1650.26亿元，第三产业1775.07亿元，年全区全体居民人均可支配收入22400元，按常住地分，城镇居民人均可支配收入31895元，农村居民人均可支配收入11708元。

固原，宁夏回族自治区辖地级市，古称大原、高平、萧关、原州，简称“固”，位于宁夏回族自治区南部，是宁夏回族自治区副中心城市，位于中国黄土高原的西北边缘。是典型的大陆性气候；辖1个区、4个县，总面积10540平方千米；截至2018年底，固原市常住总户数为35.2万户，常住总人口为124.24万人，户籍总人口150.77万人。

固原市位于西安、兰州、银川三省会城市所构成的三角地带中心，宁夏五个地级市之一和唯一的非沿黄城市。陕甘宁革命老区振兴规划中心城市，宁南区域中心城市，政治、经济、文化中心和交通枢纽。固原还是第一批国家新型城镇化综合试点地区。2018年12月29日，被国家民委命名第六批全国民族团结进步创建示范区（单位）。

2018年，固原市实现生产总值303.19亿元，实际比上年增长6.6%。

2.“回汉兄弟亲如一家”

“回汉兄弟亲如一家”

本报记者　陆培法

在宁夏西吉县将台堡红军长征会师纪念馆里，有一面红色的锦旗相当引人注目，那是民族团结的明证，也是中国共产党民族团结工作的成果。

锦旗是红二十五军军长程子华在1935年8月赠送给西吉县兴隆镇南大寺的，上书8个大字："回汉兄弟亲如一家"，那是中国工农红军第一次来到兴隆镇单家集一带进行革命活动后留下的，锦旗背后留下了红军与当地回族群众精诚团结、密切合作的许多故事。

宁夏固原市西吉县单家集，位于六盘山麓，地处甘肃、宁夏两省区四县交界地带，是一个以回族为主的回汉合居村，其中回族群众占98%以上。

1935年8月15日，红二十五军在军长程子华、政委吴焕先的率领下，进入今西吉县单家集、兴隆镇一带。

为尊重回族的宗教信仰和风俗习惯，红二十五军对全军指战员进行了党的民族宗教政策教育，制定并宣布了"三大禁条、四项注意"。为了不扰民，红二十五军晚上进村不敲门不进院，战士们就睡在街道边、屋檐下。休整期间，红军战士不仅把驻地院子和街头巷尾打扫得干干净净，还帮助老百姓挑水、扫院，军医们也给群众送药治病，当地群众盛赞红军是"仁义之师"。

红二十五军短暂驻留的3天，为红军赢得了当地回族群众的拥护和爱戴。1935年10月5日，毛泽东、张闻天等中共领导人率中央红军进入西吉县。当部队来到单家集时，村子里的回族群众端着水出来，夹道欢迎红军。

进村后，毛泽东顾不上行军劳累，就去拜访陕义堂清真寺，与阿訇促膝共叙军民情谊，并详细了解当地的风土人情。当晚，在一个土炕上，毛泽东一边喝着盖碗茶，一边向阿訇马德海宣传共产党的民族宗教政策。马德海则翻开《古兰经》向毛泽东介绍了回族的宗教信仰。这就是著名的"单家集夜话"。这个"夜话"

也成为当地流传甚久的佳话，成为党的领袖与民族宗教人士亲密接触、共同促进民族团结的典范。

1936 年 9 月，红军三过单家集。为迎接红二、四方面军北上，西方野战军一部抵达兴隆镇、单家集一带，在单家集驻扎了 40 多天。这次，红军协助当地在单家集建立了中国共产党静宁县委员会，选举产生了静宁县苏维埃政府，建立了农民协会，成立了西吉县境内的第一个红色政权——单家集回民自治政府。

红军三过单家集的故事代代相传，在当地产生了深远影响。"小时候，我们每年都要到红军长征遗址缅怀先烈。"38 岁的村民摆林芳告诉记者。

（《人民日报海外版》2019 年 8 月 20 日第 2 版）

3. 宁夏的长征故事

红二十五军在固原的五天四夜

1935 年 7 月 16 日，红二十五军在军长程子华、政委吴焕先、副军长徐海东率领下，从陕西沣峪口出发，西出秦岭，挺近甘肃，迅速攻克两当，夜袭天水北关，胜利北渡渭河，攻占秦安县城。

8 月 14 日逼近静宁，切断西（安）兰（州）公路，牵制国民党毛炳文部东进。

8 月 15 日，红二十五军从静宁县小山、八里铺葫芦河北上，进入西吉县单家集、兴隆镇一带。

中共鄂豫陕省委在兴隆镇召开会议，决定休整三日，开展群众工作。如迎接不到中央红军，就北上与刘志丹领导的陕北红军会合。

红二十五军在西吉县兴隆镇一带休整三天期间，派出了便衣侦察隆德城内的情况。侦察到当时的隆德县内驻扎的只有国民党军刘保堂部新编第十旅一个营和隆德保安队 100 多人。他们在得知红二十五军东进的消息后，分 170 多人在北象山构筑工事，50 多人占据东山堡制高点，100 多人连同县政府人员留守县城。

8 月 17 日，红二十五军大部队（主力部队）从兴隆镇、单家集出发，沿好水川东进，经贺家堡子、姚杜家、上马家嘴、毛李家、杨家河、串河、牛家河、王三道进入红土路村。另一警戒部队从贺家堡子附近的陈田玉村上山，经李哈拉、彭家阳洼到神林阎家庄子，再经沙塘铺向隆德县城运动，并警戒西兰公路。

当天 12 时许，一部分红军在北象山与敌接火。红军以一个排兵力冲锋，国民党军队听到枪声即溃逃入城。红军占据北象山，架起机枪掩护部队从北墙攻城。

下午 2 时许，国民党守城部队从南门逃跑，县长林培霖及政府要员连同堡子山守敌逃至石窑寺躲避。红军占领县城，缴获步枪 30 余支，俘获保安团团长，处决司法厅厅长，破监放出“囚犯”30 余人，镇压教育局局长。打开粮仓，救济贫苦百姓。

当天，毛炳文部乘汽车从界石铺东进，马鸿宾部三十五师自北向东截堵。红军为提防东西夹击，黄昏时将县城部队撤回红土路村。

1935 年 8 月 18 日凌晨 1 时许，红二十五军的先遣部队从红土路出发，经张银、水磨、蔡家湾、杨家店，翻越六盘山。

红二十五军的主力部队于凌晨6时在好水伏龙寺集合后翻越六盘山东进。行至瓦亭附近时，与由固原赶来堵截的国民党马鸿宾第三十五师一〇三旅马英图部突然遭遇。经过激战，毙伤敌人10余人，俘虏5人，缴获一批枪支及战马17匹。红二十五军团长张忠发在此战役中光荣牺牲。之后，红二十五军相继占领三关口、蒿店、安国镇（今属甘肃省平凉市）一线，截断西兰公路交通运输，当晚宿营于上述地区。

8月20日，红二十五军进逼平凉城，在平凉以东马莲铺一线与敌军马鸿宾部激战，歼敌200余人。

8月22日，红军占领王母宫塬后山，与马鸿宾部展开激战。政委吴焕先在战斗中不幸中弹牺牲。经过1个小时的战斗，马部纷纷溃退，团长马开幕被红军击毙。

8月底至9月初，红二十五军越过蒲河、黑河、马莲河，经太北镇进入陕甘界无人区。最后到达陕北革命根据地，受到陕甘地区苏维埃和陕北红军的热烈欢迎。

9月17日，红二十五军和陕甘根据地刘志丹、谢子长领导的红二十六军、红二十七军合编组成红十五军团。1937年，改编为国民革命军第八路军一一五师三四四旅一部，投入到抗日战场。

4. 宁夏的红色景点

将 台 堡

将台堡红军会师纪念碑是为纪念1936年10月22日红军长

征三大主力军在将台堡胜利会师，于 1996 年 10 月在纪念长征胜利 60 周年之际修建的。纪念碑坐落在将台堡内东侧，碑高 22.5 米，碑的正面镶刻着江泽民同志题写的“中国工农红军长征将台堡会师纪念碑”16 个金光闪闪的大字，背面是中共西吉县委、县政府撰写的碑文，碑的顶部雕有三尊红军头像，象征红军三大主力会师，碑身下部浮雕 8 组代表中国革命胜利的图案。

1936 年 9 月至 10 月，红四方面野战军特别支队红一军团一师三团作为先行，在将台堡发动群众，建立苏维埃政府及农会，为红军三大主力的会师做好了准备工作。10 月 22 日，贺龙、任弼时、刘伯承、聂荣臻、邓小平等率领的红一方面军一军团主力在将台堡胜利会师。参加会师的有红二方面军陈伯钧（红六军团军团长）、王震（红六军团政委）、李达（红六军团参谋长）、甘泗淇（红二军团政治部主任）等；红一方面军的杨得志（红二师师长）、萧华（红二师政委）等，参加会师的红军部队和当地群众近一万两千人。

1996 年 10 月，在纪念中国工农红军一、二、四方面军长征会师 60 周年的时候，自治区党委、政府报请中共中央宣传部批准，在一、二方面军会师地将台堡修建中国工农红军长征将台堡会师纪念碑，时任中共中央总书记、国家主席、中央军委主席江泽民题写碑名。“中国工农红军长征将台堡会师纪念碑”16 个金光闪闪的大字，被镌刻在雕有 3 尊红军头像、象征着三大主力会师的巨型花岗岩纪念碑正面，纪念碑背面是中共西吉县委、县政府撰写的碑文。将台堡红军长征会师纪念标志的建成，既是对英勇牺牲的红军将士的缅怀，也是对后人的一种激励。它将长久地矗立在这里，将红色的故事讲给世人、传播给世界。

西吉县将台堡会师纪念碑被列为爱国主义教育基地、重点文

物保护单位。

单南清真寺

单南清真寺建于清朝同治年间，1935 年 10 月 5 日毛泽东长征时经过这里，并住宿于此，留下了一代伟人毛泽东及老一辈无产阶级革命家的足迹。

1935 年 8 月 15 日，红二十五军在军长程子华、政委吴焕先、副军长徐海东率领下，第一次途经单家集村。10 月 5 日，中央红军和中央机关在毛泽东同志的率领下，第二次途经单家集村，毛泽东被迎进清真寺参观，并在寺内北厢房和阿訇亲切交谈，当晚住宿在寺隔壁的一贫困农户家中。1936 年 9 月 14 日，以彭德怀为司令员兼政委的西方野战军下辖一军团在代军团长左权、政委聂荣臻的率领下第三次来到单家集，驻扎了 40 多天，在当地开展革命活动。单南清真寺、单北清真寺成为回族群众革命活动的中心，为红军筹粮备款，群众亲切地称单北清真寺为“粮台”。1936 年 9 月，成立了单家集苏维埃自治政府，选举回族农民马云清为政府主席，这是西吉县境内的第一个红色政权。

1984 年，对该寺正殿进行了集中修复，北厢房至今保存完好。1993 年，为纪念毛泽东主席诞辰 100 周年，缅怀一代伟人的丰功伟绩，单家集群众自发捐款修建了纪念碑，占地 80 平方米，长方形的底座上耸立着四方棱台状的纪念碑，正中用汉、阿两种文字横刻“一代天骄，人民救星”8 个大字，碑文左上角横刻“纪念毛泽东诞辰 100 周年”，右下角横刻“单家集全体穆斯林敬立”。

六 盘 山

六盘山是1935年毛泽东主席率领中国工农红军长征时翻越的最后一座大山。

六盘山红军长征纪念亭位于六盘山之巅。1935年10月，毛泽东率领的红一方面军长征翻越六盘山，打开了通往陕北革命根据地的最后信道。毛泽东等上六盘山，即兴写下了《清平乐·六盘山》，从而使六盘山名扬海内外。

1961年9月，应宁夏人民邀请，毛泽东书写长卷并将墨宝赠予宁夏人民，激励宁夏人民以“不到长城非好汉”的精神建设宁夏。2008年六盘山下和尚铺树有毛泽东手书全词石碑，为了纪念红军长征胜利50周年，1985年当年红军走过的六盘山顶上修建了由胡耀邦题词的“六盘山红军长征纪念”。

后　记

向世界讲述长征这个最好的中国故事

——人民日报海外版记者“再走长征路”主题采访活动

• 人民日报海外版“再走长征路”融合报道组

处在中华民族伟大复兴的关键时期，置身当今世界百年未有之大变局，在新中国成立70周年之年，在全党深入开展“不忘初心、牢记使命”主题教育之际，中宣部组织“壮丽70年·奋斗新时代——记者再走长征路”主题采访活动正当其时。

2019年6月11日—8月18日，人民日报海外版8名记者接力走完全程。他们追随当年红军长征步伐，以长征精神为指引，跋山涉水、走村入户，与红军后代交流，向党史专家请教，足迹遍布江西、福建、广东、湖南、广西、贵州、重庆、云南、四川、湖北、陕西、甘肃、宁夏等13个省（区、市），行程1.6万余公里，锻炼和提升了脚力、眼力、脑力、笔力。

牢记总书记传承革命精神的嘱托

习近平总书记曾对“记者再走长征路”主题采访活动作出重要指示：伟大长征精神是全党全国各族人民不断砥砺前行的强大精神动力。

在这次“记者再走长征路”主题采访活动启动仪式上，中共中央政治局委员、中宣部部长黄坤明发表讲话强调，要牢记习近平总书记不忘初心使命、传承革命精神的嘱托，坚定理想信念，保持革命意志，用双脚踏寻革命先辈的足迹，用镜头和笔触描绘新中国 70 年的壮美画卷，激励全国人民奋力走好新时代的长征路。

置身新时代，面对国际大环境、国内大形势，记者再走长征路收获良多，深刻认识到了红色政权来之不易、新中国来之不易、中国特色社会主义来之不易。只有牢记党的初心和使命，牢记党的性质和宗旨，坚定理想信念，坚定不移贯彻党的理论和路线方针政策，才能不断跨越前进道路上新的“娄山关”“腊子口”，在实现中华民族伟大复兴的历史进程中走好新时代的长征路。

作为一名中国人，这是坚定信心之旅，坚信中华民族伟大复兴一定能实现；

作为一名党员，这是追寻初心之旅，“不忘初心、牢记使命”更为清晰；

作为一名党报记者，这是展现“四力”、磨炼“四力”、提高“四力”之旅；

作为人民日报海外版的新闻工作者，更是自觉以用海外读者乐于接受的方式、易于理解的语言讲述好长征故事、传播好中国声音为己任。

长征故事是最好的中国故事

习近平总书记高度重视国际传播工作，做了一系列重要工作部署和理论阐述。特别在围绕讲什么中国故事、如何讲好中国故事、怎样展现好中国形象等问题上，习近平总书记在一系列重要讲话中作出深刻论述，为新时代国际传播工作指明了前进方向，提供了重要遵循，提出了更高要求。

世界需要好的中国故事。在中国共产党的领导下，中国从一个曾经贫穷落后的国家跃升为世界第二大经济体，创造了举世瞩目的成就。在世界大发展大变革大调整的时期，中国已然站在世界舞台的聚光灯下。国际社会对中国道路、中国理论、中国制度、中国文化的关注度与日俱增，了解需求日益增长。“中国共产党为什么能”“中国为什么能”，成为国际社会十分关注且热烈讨论的问题。世界渴望了解一个真实、立体、全面的中国，世界需要更多更好的中国故事。

对于如何讲好中国故事，习近平总书记指出，要组织各种精彩、精练的故事载体，把中国道路、中国理论、中国制度、中国精神、中国力量寓于其中，使人想听爱听，听有所思，听有所得。讲好中国故事，还要创新对外话语表达方式，研究国外不同受众的习惯和特点，采用融通中外的概念、范畴、表述，把我们想讲的和国外受众想听的结合起来，把“陈情”和“说理”结合起来，把“自己讲”和“别人讲”结合起来，使故事更为国际社会和海外受众所认同。

长征，就是最好的中国故事。中华上下五千年，纵横九万里，拥有巨大的故事宝库，长征就是其中最珍贵的宝藏之一。长征历时之长、规模之大、行程之远、环境之险恶、战斗之惨烈，不仅在中国历史上绝无仅有，在世界战争史乃至人类文明史上也是极为罕见的。国际社会有此共识，红军长征是20世纪最能影响世界前途的重要事件之一。长征对中华民族乃至人类发展进程都具有十分深远的影响。今天中国的进步和发展，是从长征中走出来的。讲好长征故事，也就是讲好中国故事。

伟大的长征精神是中国精神的集中体现。中国共产党人和红军将士用生命和热血铸就的伟大长征精神，是中国共产党人及其领导的人民军队革命风范的生动反映，是中华民族自强不息的民族品格的集中展示，是以爱国主义为核心的民族精神的最好体现。讲好长征故事，就是讲好中国共产党人的故事，就是讲好中华民族的故事。

长征，是今天中国道路的渊源。长征的胜利，证明只有把马克思列宁主义基本原理同中国革命具体实际结合起来，独立自主解决中国革命的重大问题，才能把革命事业引向胜利。长征的胜利，充分展示了中国共产党性质和宗旨的力量，展示了中国共产党之所以能够得到人民拥护、中国特色社会主义之所以能够得到人民支持的原因和优势。讲好长征故事，就是新时代最响亮的中国声音。

精心构建长征外宣话语体系

作为对外宣传的旗舰媒体，人民日报海外版30多年来积极探索创新，讲好中国故事，传播好中国声音。

在“记者再走长征路”主题采访活动中，人民日报海外版刊发记者独立采写的稿件20篇，用心挖掘长征故事，精心构建外宣话语体系，用海外读者乐于接受的方式、易于理解的语言，生动再现了长征中壮怀激烈、惊天动地的革命故事，阐释了用生命和鲜血铸就的伟大长征精神，展示了充满必胜信心的中国特色社会主义道路，有力提升了中国形象。

微观切入，“以小见大”。在“记者再走长征路”的20篇稿件中，除一篇言论、一篇专访和一整版《记者心声》之外，其余17篇皆为通讯。这些通讯大多以人物和故事切入，致力以微观视角叙说宏大历史和深刻主题。据统计，17篇通讯共采访61人，他们中有红军后代、党史专家和普通村民、中小学生等。他们通过自己的亲身经历、口耳相传的故事、深入研究的成果，向海外读者讲述了一个又一个真实可信、感天动地的长征故事。比如，《探访“毛泽东小道”》一文讲述了中国共产党如何总结经验，确立领导核心，进而在党的领导核心的正确指导下，老一辈革命家创造历史伟业的故事；《不能忘却的纪念》《我们获得辉煌　他们历尽苦难》等文讲述了广大红军指战员坚持理想信念、浴血奋战的故事；《“有一条被子，也要剪下半条给老百姓”》《军号声声催征程》等讲述了党和红军在极端困难的情况下坚持群众路线、军民鱼水情深的故事。

精心策划，特色鲜明。同样的报道对象，人民日报刊发的《踏寻足迹　感悟初心》一文，强化政治站位，突出时代主旋律；海外版刊发的《长征路，再出发》一文则放低姿态，以柔性语言表达相同主题。几乎同时刊发的长征江西线的特别报道，与人民日报刊发的《镌刻在红土地上的赤诚》一文有所不同，海外版刊发的《为了85年前那一场史诗般的出发》一文，更强调以富有诗意与感染力的表达吸引海外读者。其他诸如《爱护老百姓就像爱爹娘》《“有一条被子，也要剪下半条给老百姓”》《我们获得辉煌　他们历尽苦难》《杨土司　红土司》等文，或动情，或清新，或灵动，或巧思，尽显长征报道的外宣特色。

多元传播，推动全媒体建设

2019 年 1 月 25 日，中共中央政治局就全媒体时代和媒体融合发展举行第十二次集体学习。习近平总书记在主持学习时强调，推动媒体融合发展、建设全媒体成为我们面临的一项紧迫课题。这次“再走长征路”的采访报道，也体现了人民日报海外版、海外网推动媒体融合向纵深发展的自我革命与有益探索。

报网联动，第一时间刊发，多元多次传播，放大主流声音。近年来，海外版、海外网坚持一体化发展方向，从相加阶段迈向相融阶段，通过流程优化、平台再造，实现各种媒介资源、生产要素有效整合，实现信息内容、技术应用、平台终端、管理手段共融互通，催化融合质变，放大一体效能。在这次“再走长征路”的采访中，海外网与海外版保持联动，对海外版记者传回的稿件，海外网均保证第一时间刊发，并在 PC 端、WAP 端和海客新闻客户端等平台重点推荐。稿件的二次传播加强了，主流声音自然放大了。

整合资源，打造全效媒体，牢牢把握长征外宣的网络舆论话语权。除了将版面稿件第一时间上网，人民日报海外版、海外网还成立了融媒素材群，重塑策采编发流程，打造全时媒体、全效媒体。“再走长征路”的报道中，这一先进的策采编发流程发挥出极大的新闻生产力：海外版记者在采访过程中随时采集新闻，将文字、图片、视频等即时传回，后方编辑团队完成剪辑和上传，发挥海客新闻客户端“资讯 + 社交”的“双打”优势，再以“爆料”形式呈现在首页信息流中，从而牢牢把握长征外宣的网络舆论话语权。

媒体融合，凸显外宣特色，展现强大的新闻战斗力。作为外宣媒体，人民日报海外版、海外网的媒体融合建设，既坚持了融合，更突出了外宣特色。“再走长征路”的报道有这样几个特点：一是快。常常是前方记者进入纪念馆后就发回素材。参观学习队伍还没走出纪念馆，新闻就已发布在新媒体平台上。相较于一起参加“再走长征路”的其他媒体，无论其他央媒还是地方媒体，这个速度都是惊人的，受到一起采访的新闻界同仁、当地宣传干部乃至纪念馆解说员或被采访者本人的赞叹。二是独家。关于“再走长征路”的报道，海客新闻客户端发布UGC内容共计106条，包括《致敬革命烈士墓碑，守墓人罗建国已经在这儿守了25年了！》等图文内容78条，《“当兵就要当红军！” 小金县达维镇副镇长杨成红唱起红歌～》等短视频28则，都是现场独家报道。三是以情动人。外宣工作最忌板起面孔说教，最喜欢生动有情。人民日报海外版、海外网关于“再走长征路”的所有报道，都是以适合新媒体传播特征的短平快的图文、视频形式吸引受众，不搞生硬说教，让网友自己体会、感受。许多网友留言：“致敬革命先辈！长征精神永存于心！”

全方位多平台推送，争取最大增量。对于前方记者发回的精彩长征故事，海外网既在自有各平台推送，还注重向外部平台如今日头条、抖音、快手、西瓜、微视等短视频平台和微博、微信等社交媒体平台集中推送，从而借助互联网这个最大变量实现传播最大增量。比如，一则题为《毛主席这首诗写得真好！》并带有“长征”“再走长征路”标签的短视频，在发布后不到2小时，播放量即超过22万。据统计，此次长征报道的综合阅读量逾300万，很好地放大了主流媒体的传播力、引导力、影响力、公信力，使人民日报海外版的长征声音传得更远、更广，打了一场漂亮的外宣仗。

展现“四力”，磨炼“四力”，提高“四力”

参加“记者再走长征路”主题采访活动，对人民日报海外版的新闻工作者来说，是展现“四力”的过程，也是一次磨炼“四力”的过程，更是提高“四力”的过程。

体会初心的力量，政治素质提高了。对于人民日报海外版的新闻工作者来说，“再走长征路”首先是一次提高自身政治素质的行程。80余年前，红军战士艰苦斗争、沿途百姓无私奉献，记者成为这些感人故事的第一听众，受到的震撼最为直接。特别是对很多年轻记者来说，此行所见所闻，恰似一堂堂生动的党史教育课。有记者写道：“只有依靠钢铁般的意志，对党的忠诚以及对革命的崇高信仰，才能完成这一不可能完成的奇迹。这就是初心的力量，不管时代如何改变，我们都应该坚守住这份力量，继承先辈的遗志，化作为民族复兴而奋斗的磅礴力量。”

深入实地采访，业务本领提高了。“四力”，是对新闻工作者能力的全面概括。提高“四力”，既要提高政治能力，也要提高业务能力。“再走长征路”，正是一个全方位提高记者业务能力的采访过程。长征路途遥远、地形复杂，记者必须不怕吃苦，到田间地头甚至深山丛林里去感受当年的历史情景。80多年来，长征故事已经被反复传颂，许多亲历者已离开人世，如何在重访中写出新意，写出时代价值？这需要记者增强脚力、眼力、脑力、笔力。有记者表示，在采访前，心里很是没底，不知道写什么、怎么写，但是通过实地采访，找到了许多从前不为人熟悉的长征故事细节，高质量完成了报道。

以长征精神投入新闻工作，永葆优良作风。“四力”要求，也是对党报新闻工作者工作作风、精神状态的要求。“再走长征路”，正是一次继承学习发扬党的优良作风的行程。长征途中，红军战士们不怕苦、不怕累、不怕牺牲；和平年代，新闻工作者也应发扬长征精神。采访时，有的记者在大雨中坚持走完泥泞的山路，有的在行进途中连夜赶稿，有的除了日常发稿还要完成新媒体工作，充分体现了人民日报海外版记者的战斗力。

（人民日报海外版“再走长征路”融合报道组成员：卫庶、严冰、王丕屹、陈振凯、陆培法、郑娜、潘旭涛、李贞、杨俊峰、叶子、刘凌、王栋）